初階版

MP3

出擊！

日語文法

自學大作戰

吉松由美、千田晴夫◎合著

Step
1

U0080435

山田社
Shan Tian She

前言

外語學習著重在「活用」，那麼文法有那麼重要嗎？
當然重要了，想要聽得懂、說得清楚、讀得對、寫得通，如果沒有真正的瞭解文法，就沒有辦法正確傳達自己的想法，也沒有辦法得到正確的訊息了。

　　基於學習者對「絕對合格！日檢文法系列」的「有可愛插圖、有故事、有幽默、精闢的說明」、「概念清楚，實際運用立即見效」、「例句超生活化，看例句就能記文法」、「文法也能編得這麼有趣、易懂」…如此熱烈好評。更在讀者的積極推崇之下，山田社專為日語初學者設計的文法教戰手冊終於誕生啦！

　　史上最強的初階文法集《出擊！日語文法自學大作戰　初階版》，
是由多位長年在日本、持續追蹤新日檢的日籍金牌教師執筆編寫而成的，
現在就讓日語名師們為您打開日語文法的大門吧！

　　書中不僅搭配東京腔的精質朗讀光碟，還附上三回文法全真模擬測驗。讓您短時間內就能掌握學習方向及重點，節省下數十倍自行摸索的時間。

內容包括：

　　文法王—說明簡單清楚：在舊制的基礎上，更添增新的文法項目來進行比較，內容最紮實。每個文法項目的接續方式、意義、語氣、適用對象、中譯等等，讓您概念清楚，以精確掌握每項文法的意義。

　　得分王—考點很明白：本書為初階文法學習書，與新日檢N5考試程度相同。考題中大都會有兩個較難的意思相近的選項。為此，書中精選較常出現、又讓考生傷透腦筋的相近的文法進行比較。而它們之間有哪些微妙的差異，同一用法又有什麼語感上的區別等等，在此為您釐清，讓您短時間內迅速培養應考實力。

　　故事王—故事一點通：為了徹底打好您文法的基本功，首創文法故事學習法，它將文法跟故事相結合，每一個文法項目，都以可愛的插畫和有趣的旁白來說明，讓您學文法就好像看漫畫一樣。您絕對會有「原來如此」文法真有趣，一點就通的感覺！

例句王—例句靈活實用：學會文法一定要知道怎麼用在句子中！因此，每項文法下面再帶出4個例句。例句精選該文法項目，會接續的各種詞性、常使用的場合，常配合的初階單字。從例句來記文法，更加深了對文法的理解，也紮實了單字及聽說讀寫的能力。累積超強實力。

測驗王—全真新制模試自我檢驗：三回全真模擬考題將按照不同的題型，告訴您不同的解題訣竅，讓您在演練之後即時得知學習效果，並充份掌握學習方向。若有志於參加新日檢N5考試，也可以藉由這三回模擬測驗提升考試臨場反應，就像上合格保證班的測驗王！

聽力王—多效聽學文法：書中附贈光碟，收錄所有的文法項目跟例句，幫助您熟悉日語語調及正常速度。建議大家充分利用生活中一切零碎的時間，反覆多聽，在密集的刺激下，把文法、單字、生活例句聽熟，同時為聽力打下了堅實的基礎。

目録

二、接尾詞

三、疑問詞

八、句型

九、副詞

十、接續詞

文 型 接 續 解 說

▽動詞

　　動詞一般常見的型態，包含動詞辭書形、動詞連體形、動詞終止形、動詞性名詞+の、動詞未然形、動詞意向形、動詞連用形…等。其接續方法，跟用語的表現方法有：

用語1	後續	用語2	用例
未然形	ない、ぬ(ん)、まい	ない形	読まない、見まい
	せる、させる	使役形	読ませる、見させる
	れる、られる	受身形	読まれる、見られる
	れる、られる、可能動詞	可能形	見られる、書ける
意向形	う、よう	意向形	読もう、見よう
連用形	連接用言		読み終わる
	用於中頓		新聞を読み、意見をまとめる
	用作名詞		読みに行く
	ます、た、たら、たい、そうだ(樣態)	ます：ます形 た　：た形 たら：たら形	読みます、読んだ、読んだら
	て、ても、たり、ながら、つつ等	て　：て形 たり：たり形	見て、読んで、読んだり、見たり
終止形	用於結束句子		読む
	だ(だろう)、まい、らしい、そうだ(傳聞)		読むだろう、読むまい、読むらしい
	と、から、が、けれども、し、なり、や、か、な(禁止)、な(あ)、ぞ、さ、とも、よ等		読むと、読むから、読むけれども、読むな、読むぞ
連體形	連接體言或體言性質的詞語	普通形、基本形、辭書形	読む本
	助動詞：た、ようだ	同上	読んだ、読むように
	助詞：の(轉為形式體言)、より、のに、ので、ぐらい、ほど、ばかり、だけ、まで、きり等	同上	読むのが、読むのに、読むだけ
假定形	後續助詞ば(表示假定條件或其他意思)		読めば
命令形	表示命令的意思		読め

▽ 用言

用言是指可以「活用」（詞形變化）的詞類。其種類包括動詞、形容詞、形容動詞、助動詞等，也就是指這些會因文法因素，而型態上會產生變化的詞類。用言的活用方式，一般日語詞典都有記載，一般常見的型態有用言未然形、用言終止形、用言連體形、用言連用形、用言假定形…等。

▽ 體言

體言包括「名詞」和「代名詞」。和用言不同，日文文法中的名詞和代名詞，本身不會因為文法因素而改變型態。這一點和英文文法也不一樣，例如英文文法中，名詞有單複數的型態之分（sport / sports）、代名詞有主格、所有格、受格（he / his / him）等之分。

▽ 形容詞・形容動詞

日本的文法中，形容詞又可分為「詞幹」和「詞尾」兩個部份。「詞幹」指的是形容詞、形容動詞中，不會產生變化的部份；「詞尾」指的是形容詞、形容動詞中，會產生變化的部份。

例如「面白い」：今日はとても面白かったです。

由上可知，「面白」是詞幹，「い」是詞尾。其用言除了沒有命令形之外，其他跟動詞一樣，也都有未然形、連用形、終止形、連體形、假定形。

形容詞一般常見的型態，包含形容詞・形容動詞連體形、形容詞・形容動詞連用形、形容詞・形容動詞詞幹…等。

形容詞的活用及接續方法:

用語	範例	詞尾變化	後續	用例
基本形	高<ruby>高<rt>たか</rt></ruby>い <ruby>嬉<rt>うれ</rt></ruby>しい			
詞幹	たか うれし			
未然形		かろ	助動詞う	値段が高かろう
		から	助動詞ぬ*	高からず、低からず
連用形		く	1 連接用言**	高くなってきた 高くない
			2 用於中頓	高く、險しい
			3 助詞て、は、 も、さえ	高くて、まずい/高くはない/ 高くてもいい/高くさえなければ
		かっ	助動詞た、 助詞たり	高かった 嬉しかったり、悲しかったり
終止形		い	用於結束句子	椅子は高い
			助動詞そうだ (傳聞)、だ(だろ、 なら)、です、 らしい	高いそうだ 高いだろう 高いです 高いらしい
			助詞けれど(も)、 が、から、し、 ながら、か、な (あ)、ぞ、よ、 さ、とも等	高いが、美味しい 高いから 高いし 高いながら 高いなあ 高いよ
連體形		い	連接體言	高い人、高いのがいい (の=形式體言)
			助動詞ようだ	高いようだ
			助詞ので、のに、 ばかり、ぐ らい、ほど等	高いので 高いのに 高いばかりで、力がない 高ければ、高いほど
假定形		けれ	後續助詞ば	高ければ
命令形		-----	-----	-----

* 「ぬ」的連用形是「ず」　　** 做連用修飾語，或連接輔助形容詞ない

形容動詞的活用及接續方法：

用語	範例	詞尾變化	後續	用例
基本形	静^{しず}かだ 立派^{りっぱ}だ			
詞幹	しずか りっぱ			
未然形		だろ	助動詞う	静かだろう
連用形		で	1 連接用言 （ある、ない）	静かである、静かでない
			2 用於中頓	静かで、安全だ
			3 助詞は、も、 さえ	静かではない、静かでも不安だ、 静かでさえあればいい
		だっ	助動詞た、 助詞たり	静かだった、静かだったり
		に	作連用修飾語	静かになる
終止形		だ	用於結束句子	海は静かだ
			助動詞そうだ （傳聞）	静かだそうだ
			助詞と、けれど(も)、 が、から、し、 な(あ)、ぞ、 とも、よ、ね等	静かだと、勉強しやすい 静かだが 静かだから 静かだし 静かだなあ
連體形		な	連接體言	静かな人
			助動詞ようだ	静かなようだ
			助詞ので、のに、 ばかり、ぐらい、 だけ、ほど、 まで等	静かなので 静かなのに 静かなだけ 静かなほど
假定形		なら	後續助詞ば	静かなら（ば）
命令形		－－－－－	－－－－－	－－－－－

MEMO

一、助詞

1 が（主語）

描寫眼睛看得到的、耳朵聽得到的事情。

1 風が 吹いて います。
風正在吹。

2 猫が 鳴いて います。
貓在叫。

3 子どもが 遊んで います。
小孩正在玩耍。

4 とりが 空を 飛んで います。
鳥在空中飛。

重點說明

眼前聽到的　現象……主語
　　↓　　　　　↓
猫が　鳴いて います。
貓在叫。

が

咦！那是什麼聲音！

用「が」表示主語，知道在叫的是「猫」。

2 が（對象）

「が」前接對象，表示好惡、需要及想要得到的對象，還有能夠做的事情、明白瞭解的事物，以及擁有的物品。

1 日本料理が 好きです。
喜歡日本料理。

2 私は 音楽が 聞きたいです。
我想聽音樂。

3 李さんは 日本語が わかります。
李先生懂日文。

4 あの 人は お金が あります。
那個人有錢。

重點說明

話題	對象	能力等……擁有、好惡等的對象
↓	↓	↓

あの 人は お金が あります。
那個人有錢。

用「が」表示，「あります」（擁有）的是前面的「お金」（錢）。

那個人剛從銀行提了錢出來。

← が

3 〔疑問詞〕＋が

「が」也可以當作疑問詞的主語。

1 どっちが 速いですか。
哪一邊比較快呢？

2 誰が 一番 早く 来ましたか。
誰最早來的？

3 この 絵は 誰が 描きましたか。
這幅畫是誰畫的呢？

4 どれが 人気が ありますか。
哪一個比較受歡迎呢？

重點說明

疑問詞（主語） 説明……疑問詞主語
　　　↓　　　　　　↓
この 絵は 誰が 描きましたか。
這幅畫是誰畫的？

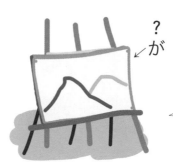

4 が（逆接）

表示連接兩個對立的事物，前句跟後句內容是相對立的。可譯作「但是」。

1 鶏肉は　食べますが、牛肉は　食べません。
我吃雞肉，但不吃牛肉。

2 母は　背が　高いですが、父は　低いです。
媽媽身高很高，但是爸爸很矮。

3 平仮名は　やさしいが、片仮名は　難しい。
平假名很簡單，但是片假名很難。

4 たいていは　歩いて　いきますが、時々　バスで　行きます。
大多是走路過去，但是有時候是搭公車過去。

重點說明

連接兩個對立的事物

前句　　　　　　　　　　後句……逆接

母は　背が　高いですが、　父は　低いです。
媽媽身高很高，但是爸爸很矮。

哇！你媽比你爸高耶！

が

這裡的「が」表示逆接，可以連接兩個內容相反的事物喔！

5 が（前置詞）

在向對方詢問、請求、命令之前，作為一種開場白使用。

1 失礼ですが、鈴木さんでしょうか。
不好意思，請問是鈴木先生嗎？

2 もしもし、山本ですが、水下さんは　いますか。
喂，我是山本，請問水下先生在嗎？

3 すみませんが、少し　静かに　して　ください。
不好意思，請稍微安靜一點。

4 試験を　始めますが、最初に　名前を　書いて　ください。
現在開始考試，首先請先將名字寫上。

重點
說明

前置詞……開場白
↓
失礼ですが、鈴木さんでしょうか。
不好意思，請問是鈴木先生嗎？

が

部長說今天早上會有一位男士來訪，應該是他。問一下。

想請教人家就要先致意一下，這裡用「が」表示開場白（提醒）。後句「鈴木さんでしょうか」敘述的是主要的內容。

6 〔目的語〕＋を

「を」用在他動詞（人為而施加變化的動詞）的前面，表示動作的目的或對象。「を」前面的名詞，是動作所涉及的對象。

---

1 顔を 洗います。
　　洗臉。

2 パンを 食べます。
　　吃麵包。

3 （彼女は） 洗濯を します。
　　（她要）洗衣服。

4 日本語の 手紙を 書きます。
　　寫日文書信。

重點
說明

　　　話題　　　　對象（事物）　　　行為……行為的對象
　　　↓　　　　　　↓　　　　　　　　↓
（彼女は）　顔を　　　　　洗います。
（她要）洗臉。

を

洗臉要用流動的水，才能洗乾淨。洗臉的目的是為了清潔，是人為而施加變化的，所以用他動詞「洗います」（洗滌）。

「を」前面的「顔」（臉），是後接動詞「洗います」的對象。也就是洗的是臉啦！

7 〔通過、移動〕＋を＋自動詞

表示經過或移動的場所用助詞「を」，而且「を」後面要接自動詞。自動詞有表示通過場所的「渡る（越過）、曲がる（轉彎）」。還有表示移動的「歩く（走）、走る（跑）、飛ぶ（飛）」。

1 この バスは 映画館を 通ります。
這輛公車會經過電影院。

2 この 角を 右に 曲がります。
在這個轉角右轉。

3 学生が 道を 歩いて います。
學生在路上走著。

4 飛行機が 空を 飛んで います。
飛機在空中飛。

比較：

を→表示經過的場所。「公園を 散歩します。」「を」有通過後的軌跡的印象。

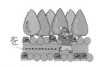

で→表示所有的動作都在那一場所做。
「公園で 休みます」（在公園休息）。

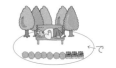

重點說明

　　通過、移動場所　行為（自動詞）……經過或移動的場所
　　　　　　↓　　　　↓
学生が 道を 歩いて います。
學生在路上走著。

好多摩登的學生，走在青山道上喔！

學生經過的地方是道路用「を」表示，後接的「歩きます」是具有移動性質的自動詞喔！

←を

8 〔離開點〕＋を

動作離開的場所用「を」。例如，從家裡出來或從車、船、馬及飛機等交通工具下來。

1 5時に　会社を　出ました。
在五點的時候離開了公司。

2 7時に　家を　出ます。
七點出門。

3 ここで　バスを　降ります。
在這裡下公車。

4 部屋を　出て　ください。
請離開房間。

重點
說明

　　　　　離開點　　　行為……動作離開的場所
　　　　　　↓　　　　　　↓
7時に　家を　出ます。
七點出門。

「を」前面接的是離開的地點「家」。這時候，後面要接具有離去性質的自動詞，「出ます」就是啦！

糟了！今天第一天上課快遲到了！七點了得快出門了！

9 〔場所〕＋に

「に」表示存在的場所。表示存在的動詞有「います・あります」（有、在），「います」用在自己可以動的有生命物體的人，或動物的名詞；其他，自己無法動的無生命物體名詞用「あります」。

1 木の 下に 妹が います。
　木　した　いもうと
　妹妹在樹下。

2 池の 中に 魚が いますか。
　いけ　なか　さかな
　池子裡有魚嗎？

3 山の 上に 小屋が あります。
　やま　うえ　こや
　山上有棟小屋。

4 本棚の 右に いすが あります。
　ほんだな　みぎ
　書架的右邊有椅子。

重點説明	場所	有生命物	行為……某人或物存在的場所
	↓	↓	↓

　木の 下に 妹が います。
　き　した　いもうと
　妹妹在樹下。

小妹又跑到公園樹下玩了！「に」前面接場所「木の下」（樹下），表示妹妹存在的地方。

用「が」表示存在的物體，因為是有生命的「妹」，所以用「います」。

10 〔到達點〕＋に

表示動作移動的到達點。

1 お風呂に　入ります。
去洗澡。

2 今日　成田に　着きます。
今天會抵達成田。

3 私は　椅子に　座ります。
我坐在椅子上。

4 ここで　タクシーに　乗ります。
在這裡搭計程車。

比較：

に→動作的到達點。

を→動作的起點、離開點。

重點說明

到達點　　　　　行為……動作的到達點
　↓　　　　　　　↓
お風呂に　入ります。
去洗澡。

喔喔…這就是泡泡澡，真舒服！

「に」前面接場所「お風呂」（澡盆），那是「入ります」（進入）這個動作的到達點喔！

11 〔時間〕＋に

幾點啦！星期幾啦！幾月幾號做什麼事啦！表示動作、作用的時間就用「に」。可譯作「在…」。

1 7時_{しちじ}に　家_{うち}を　出_でます。
七點出門。

2 金曜日_{きんようび}に　旅行_{りょこう}します。
禮拜五要去旅行。

3 7月_{しちがつ}に　日本_{にほん}へ　来_きました。
在七月時來到了日本。

4 今日中_{きょうじゅう}に　送_{おく}ります。
今天之內會送過去。

> **比較：時間名詞接不接「に」**
>
> 要接「に」→8時_じ時、１０日_{とおか}、9月_{くがつ}、2005年_{ねん}…
>
> 不接「に」→きょう、毎日_{まいにち}、今週_{こんしゅう}、来月_{らいげつ}、去年_{きょねん}…
>
> 接不接都可以→昼_{ひる}、晩_{ばん}、日曜日_{にちようび}…

重點說明

時間　　　　　行為……動作等的時間
↓　　　　　　↓
金曜日_{きんようび}に　旅行_{りょこう}します。
禮拜五要去旅行。

某天接到了一通電話，哇！我們抽中了夏威夷5日遊耶！

時間是？看「に」表示動作進行的時間，也就是「旅行します」這個動作，是在「金曜日」（星期五）喔！

12 〔目的〕＋に

表示動作、作用的目的、目標。可譯作「去…」、「到…」。

1 海へ　泳ぎに　行きます。
　去海邊游泳。

2 図書館へ　勉強に　行きます。
　去圖書館唸書。

3 レストランへ　食事に　行きます。
　去餐廳吃飯。

4 今から　旅行に　行きます。
　現在要去旅行。

重點
說明

　　　　　目的　　　　　行為……動作的目的
　　　　　　↓　　　　　　　　↓

海へ　泳ぎに　行きます。

去海邊游泳。

夏天到了，為了去海邊游泳，我從春天就開始減肥了呢！

「に」表示，後接動作「行きます」（去）的移動目的是「泳ぎ」（游泳）喔！

13 〔對象（人）〕＋に

表示動作、作用的對象。可譯作「給…」、「跟…」。

---

1 弟に メールを 出しました。
寄電子郵件給弟弟了。

2 花屋で 友達に 会いました。
在花店遇到了朋友。

3 友達に 電話を かけます。
打電話給朋友。

4 彼女に 花を あげました。
送了花給女朋友。

> **比較：**
>
> に→單一方給另一方的動作。
>
> と→結婚啦！吵架啦！一個人沒辦法做的雙方相互的動作。

重點説明

人（對象） 事物 行為……動作的對象
↓ ↓ ↓
弟に メールを 出しました。
寄電子郵件給弟弟了。

拼著一口氣一個人到日本留學，為了省錢，都是發電子郵件給台灣的老弟，要他代為報平安的。

「に」前面接「弟」，表示「メールを 出しました」（發了電子郵件），這個動作的對象，也就是接電子郵件的是「弟」了！

14 對象（物・場所）〕＋に

「に」的前面接物品或場所，表示施加動作的對象，或是施加動作的場所、地點。可譯作「…到」、「對…」、「在…」、「給…」。

1 牛乳を 冷蔵庫に 入れます。
把牛奶放到冰箱。

2 花に 水を やります。
給花澆水。

3 紙に 火を つけます。
在紙上點火。

4 壁に 絵を 飾ります。
在牆壁上掛上畫作。

重點說明			

　　　　　　　　場所　　　　　　動作……動作的場所、地點
　　　　　　　　　↓　　　　　　　　↓

牛乳を 冷蔵庫に 入れます。
把牛奶放到冰箱。

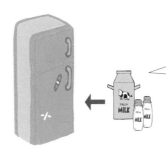

還沒喝完的牛奶，一定要放進冰箱呦！別以為酸掉就可以當優酪乳喝了！

「に」前面接「冷蔵庫」（冰箱），表示「入れます」（放入）這一動作的場所。

15 〔時間〕＋に＋〔次數〕

表示某一範圍內的數量或次數。

1 月に 二回、テニスを します。
一個月打兩次網球。

2 半年に 一度、国に 帰ります。
半年回國一次。

3 一日に 2時間ぐらい、勉強します。
一天大約唸兩小時書。

4 一日に 三回、薬を 飲んで ください。
一天請吃三次藥。

重點說明

時間範圍　數量、次數　　　　　行為……某範圍內的次數

一日に 2時間ぐらい、勉強します。
一天大約唸兩小時書。

に

カリカリ…

平時抱佛腳是很重要的喔！

「に」前接時間詞,表示某一時間範圍內, 後接數量詞表示進行動作的次數或時間。原來是一天之中, 唸2小時書了。

數字1~20的唸法

1~10			11~20	
1	いち	ひとつ	11	じゅういち
2	に	ふたつ	12	じゅうに
3	さん	みっつ	13	じゅうさん
4	し/よん	よっつ	14	じゅうし/じゅうよん
5	ご	いつつ	15	じゅうご
6	ろく	むっつ	16	じゅうろく
7	しち/なな	ななつ	17	じゅうしち/じゅうなな
8	はち	やっつ	18	じゅうはち
9	きゅう/く	ここのつ	19	じゅうきゅう/じゅうく
10	じゅう	とお	20	にじゅう

※ 1~10有以上兩種唸法，而11以上的唸法則完全相同。

※「0」唸「ゼロ」或「れい」。

數字10到9000的唸法

10~90		100~900		1000~9000	
10	じゅう	100	ひゃく	1000	せん
20	にじゅう	200	にひゃく	2000	にせん
30	さんじゅう	300	さんびゃく	3000	さんぜん
40	よんじゅう	400	よんひゃく	4000	よんせん
50	ごじゅう	500	ごひゃく	5000	ごせん
60	ろくじゅう	600	ろっぴゃく	6000	ろくせん
70	ななじゅう	700	ななひゃく	7000	ななせん
80	はちじゅう	800	はっぴゃく	8000	はっせん
90	きゅうじゅう	900	きゅうひゃく	9000	きゅうせん

數字萬以上的唸法

	一万	十万	百万	千万	一億
唸法	いちまん	じゅうまん	ひゃくまん	せんまん	いちおく

16 〔場所〕＋で

表示動作進行的場所。可譯作「在…」。

---

1 玄関で 靴を 脱ぎました。
在玄關脱了鞋子。

2 家で テレビを 見ます。
在家看電視。

3 郵便局で 手紙を 出します。
在郵局寄信。

4 あの店で ラーメンを 食べました。
在那家店吃了拉麵。

比較：

で→表示所有的動作都在那一場所進行。

を→表示動作所經過的場所。「道を 歩きます。」（走路）。

重點說明

場所　　　對象　　　　　行為……場所
↓　　　　↓　　　　　　↓
家で　テレビを　見ます。
在家看電視。

哇咧！！在日本每天可以在家看到不同的日劇耶！剛到日本時好興奮喔！

「で」前接「家」，表示「テレビを見ます」（看電視）這個動作是在「家」進行的。

17 〔方法、手段〕＋で

表示用的交通工具，可譯作「乘坐…」；動作的方法、手段，可譯作「用…」。

1 箸で ご飯を 食べます。
用筷子吃飯。

2 鉛筆で 絵を 描きます。
用鉛筆畫畫。

3 新幹線で 京都へ 行きます。
搭新幹線去京都。

4 メールで レポートを 送ります。
用電子郵件寄報告。

重點說明

道具等　　　　　　行為……使用的道具、手段
↓　　　　　　　　↓

鉛筆で 絵を 描きます。
用鉛筆畫畫。

で

小時候很愛畫圖，「絵を描きます」（畫圖）這個動作用的道具是什麼呢？看「で」前面，原來是「鉛筆」。

18 〔材料〕＋で

製作什麼東西時，使用的材料。可譯作「用…」。

比較：

で→原料和成品之間沒有起化學變化。

から→原料和成品之間有起化學變化。

1 木で イスを 作りました。
  用木頭做了椅子。

2 トマトで ジュースを 作ります。
  用蕃茄做果汁。

3 この 料理は 肉と 野菜で 作りました。
  這道料理是用肉及蔬菜做成的。

4 この 酒は 何で 作りますか。
  這酒是什麼做的？

重點說明

材料	成品	行為……使用的材料
↓	↓	↓

トマトで ジュースを 作ります。

用蕃茄做果汁。

で

這果汁看起來好好喝的樣子，這是什麼食材做的呢？

看「で」前面，原來是「トマト」（蕃茄）呢！

19 〔状況・状態〕＋で

表示在某種狀態、情況下做後項的事情。可譯作「在…」、「以…」。

1 家族で おいしい ものを 食べます。
全家一起吃好吃的東西。

2 みんなで どこへ 行くの。
大家要一起去哪裡呢？

3 笑顔で 写真を 撮ります。
展開笑容拍照。

4 17歳で 大学に 入ります。
在17歳時進入大學就讀。

重點
說明

状態　　　　　　　　行為……表狀態
　↓　　　　　　　　　　↓
笑顔で　写真を　撮ります。

展開笑容拍照。

攝影師說：
來，1、2、3，西瓜甜不甜？

「で」前接狀態，表示「写真を撮ります」（拍照）的這一動作，是在展開「笑顔」（笑容）的狀態下進行的。

20 〔理由〕＋で

為什麼會這樣呢？怎麼會這樣做呢？表示原因、理由。可譯作「因為…」。

1 渋滞で　会社に　遅れました。
因為塞車，上班遲到了。

2 風で　窓が　閉まりました。
窗戶被風吹得關起來了。

3 私は　風邪で　頭が　痛いです。
我因為感冒所以頭很痛。

4 地震で　電車が　止まりました。
因為地震，電車停下來了。

重點說明

原因　　　　　　結果……理由
↓　　　　　　　　↓
風で　窓が　開きました。
窗戶被風吹開了。

咦！窗戶怎麼開了？

為什麼「窓が開きました」（窗戶開了）？這一狀態的原因，看「で」前面，原來是被「風」吹開了。

21 〔数量〕＋で＋〔数量〕

表示數量、金額的總和。可譯作「共…」。

1 それは 二_{ふた}つで 五万円_{ごまんえん}です。
那個是兩個5萬日圓。

2 たまごは 6個_{ろっこ}で 300円_{さんびゃくえん}です。
雞蛋6個300日圓。

3 入場料_{にゅうじょうりょう}は 二人_{ふたり}で 1500円_{せんごひゃくえん}です。
入場費是兩個人1500日圓。

4 四_{よっ}つ、五_{いつ}つ、六_{むっ}つ、全部_{ぜんぶ}で 六_{むっ}つ あります。
四個、五個、六個，全部共有六個。

重點
說明

数量 　　　数量（總和）……數量的總和
↓　　　　　↓

たまごは 6個_{ろっこ}で 300円_{えん}です。
雞蛋6個300日圓。

日本東西貴，有時候買稍微貴一點的，就好像賭一條命一樣。今天到超市，想買6個蛋，看看多少錢？

で

「で」前面是雞蛋的數量「6個」，後面是數量的總和，也就是6個總共是「300円」啦！

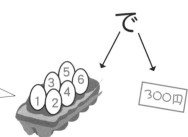

22 〔場所、方向〕へ（に）

前接跟地方有關的名詞，表示動作、行為的方向。同時也指行為的目的地。這時候可以跟「に」互換。可譯作「往…」、「去…」。

1 喫茶店（きっさてん）へ 行（い）きます。
去咖啡廳。

2 来月（らいげつ） 国（くに）へ 帰（かえ）ります。
下個月回國。

3 電車（でんしゃ）で 学校（がっこう）へ 来（き）ました。
搭電車來學校。

4 友達（ともだち）と レストランへ 行（い）きます。
和朋友去餐廳。

重點說明

目的地　　　　　　行為……動作行為的方向
　　↓　　　　　　　　↓
電車（でんしゃ）で 学校（がっこう）へ 来（き）ました。
搭電車來學校。

每天都跟帥哥山田學長，搭電車上下課。

「来ました」（來）這個動作的目的地或方向在哪裡呢？看「へ」前面，原來是到「學校」。

23 〔場所〕へ（に）〔目的〕に

表示移動的場所用助詞「へ」，表示移動的目的用助詞「に」。
「に」的前面要用動詞「ます」形。例如「買います」，就變成「買い」，也就是把「ます」拿掉。

---

1 公園へ 散歩に 行きます。
　去公園散步。

2 郵便局へ 切手を 買いに 行きます。
　去郵局買郵票。

3 来週 京都へ 旅行に 行きます。
　下個禮拜要去京都旅行。

4 図書館へ 本を 返しに 行きます。
　去圖書館還書。

重點
說明

　　場所　　　目的　　　　行為……到某場所做某事
　　↓　　　　↓　　　　　　↓

公園へ　散歩に　行きます。
去公園散步。

喔喔…，那就是代代木公園耶！去散步一下。

「行きます」（去）這個移動的場所用「へ」表示，原來是「公園」。至於目的呢？看「に」前面就知道是「散歩」啦！

24 〔名詞〕＋と＋〔名詞〕

表示幾個事物的並列。想要敘述的主要東西，全部都明確地列舉出來。可譯作「…和…」、「…與…」。「と」大多與名詞相接。

1 公園に 猫と 犬が います。
公園裡有貓有狗。

2 朝は パンと 紅茶を 食べます。
早上吃麵包和紅茶。

3 いつも 電車と バスに 乗ります。
平常是搭電車跟公車。

4 デパートで シャツと コートを 買いました。
在百貨公司買了襯衫和大衣。

重點説明

　　　　　名詞　　　　名詞　　　　行為……幾個事物的並列
　　　　　　↓　　　　　↓　　　　　　↓
公園に 猫と 犬が います。
公園裡有貓有狗。

が

公園裡有什麼呢？

看表示幾個事物並列的「と」前後就很清楚啦！是有「猫」（貓）跟「犬」（狗）啦！

25 〔名詞〕＋と＋同じ

表示後項和前項是同樣的人事物。可譯作「和…一樣的」、「和…相同的」。

---

1 わたしは 陽子さんと 同じ クラスです。
我和陽子同班。

2 これと 同じ ラジカセを 持って います。
我有和這台一樣的收音機。

3 新聞と 同じ ニュースを テレビでも 言って いました。
電視也在報導報紙上的同一條新聞。

4 日本で 使って いる 漢字は 台湾の 漢字と 同じのが 多いです。
日本所使用的漢字和台灣的漢字有很多是一樣的。

重點說明

事物1　　　　　　　　　事物2
↓　　　　　　　　　　↓
日本で 使っている 漢字は 台湾の 漢字と
同じのが 多いです。

日本所使用的漢字和台灣的漢字有很多是一樣的。

> 日本漢字是從中國輸入的，這讓我們學在日語上佔盡了便宜！

> 「と同じ」（和…一樣的）前接「台湾の漢字」和「日本で使っている漢字」，知道這兩者（有很多）是一樣的。

26 〔對象〕と（いっしょに）

表示一起去做某事的對象。「と」前面是一起動作的人。可譯作「跟
…一起」。也可以省略「いっしょに」。

1 彼女と 晩ご飯を 食べました。
和她一起吃了晚餐。

2 家族と いっしょに 温泉へ 行きます。
和家人一起去洗溫泉。

3 日曜日は 母と 出かけました。
星期日跟媽媽一起出門了。

4 妹と いっしょに 庭で 遊びました。
跟妹妹一起在院子裡玩了。

重點說明

對象　　　　　　　　　　　行為……一起去做某事的對象
　↓　　　　　　　　　　　　　↓
家族と いっしょに 温泉へ 行きます。
和家人一起去洗溫泉。

と

跟誰一起去泡溫泉呢？

這裡的「と」前面接的是一起做同樣動作（洗溫泉）的對象，從這裡知道是跟「家族」（家人）囉！

27 〔對象〕と

「と」前面接對象，表示跟這個對象互相進行某動作，如結婚、吵架或偶然在哪裡碰面等等。可譯作「跟…」。

1 主人と 離婚します。
我要跟我老公離婚了。

2 私は 李さんと 会いました。
我與李先生見面了。

3 昨日、姉と 喧嘩しました。
昨天跟姊姊吵架了。

4 大山さんは 愛子と 結婚しました。
大山先生和愛子小姐結婚了。

比較：

といっしょに→前接一起進行動作的人。這個動作即使一個人也能做。

と→前接互相進行動作的對象。這個動作（如吵架、結婚）一個人不能完成的。

重點說明

對象　　　　　行為……跟某對象互動
↓　　　　　　↓
大山さんは 愛子と 結婚しました。
大山先生和愛子小姐結婚了。

と

相親101次的大山先生終於結婚了，至於對象是誰呢？

這裡的「と」前面接的是共事者，也就是結婚不是一個人可以完成的，是要有對象，那就是「愛子」啦！

28 〔引用內容〕と

「と」接在某人說的話，或寫的事物後面，表示說了什麼、寫了什麼。

1 子供が 「遊びたい」と 言って います。
小孩說：「想出去玩」。

2 手紙には 来月 国に 帰ると 書いて あります。
信上寫著下個月要回國。

3 彼女は 今日 来ないと 言って いました。
她說她今天不來。

4 山田さんは 「家内と いっしょに 行きました」と 言いました。
山田先生說：「我跟太太一起去過了。」

| 重點說明 | 引用內容 ↓ | 行為……引用 ↓ |

子供が 「遊びたい」と 言って います。
小孩說：「好想出去玩」。

小孩怎麼吵吵鬧鬧的啊？

原來是「遊びたい」（想去玩），這裡的「と」前面引用的內容。用括弧刮起來表示直接引用小孩說的話喔！

と

29 〔場所〕＋から、〔場所〕＋まで

表明空間的起點和終點，也就是距離的範圍。「から」前面的名詞是起點，「まで」前面的名詞是終點。可譯作「從…到…」。也表示各種動作、現象的起點及由來。可譯作「從…到…」。

1 家から　図書館まで　30分です。
　　從家裡到圖書館要30分鐘。

2 病院から　家まで　1時間　かかります。
　　從醫院到家裡要花一個小時。

3 駅から　郵便局まで　歩きました。
　　從車站走到郵局。

4 駅から　学校までは　遠いですか。
　　從車站到學校會很遠嗎？

重點說明

場所　　　　場所　　　　　　　行為……空間的起點和終點
↓　　　　　↓　　　　　　　　　↓
駅から　郵便局まで　歩きました。
從車站走到郵局。

剛到日本的時候，光是走在路上，就有種心花朵朵開的感覺。

走路這個動作的空間範圍，用「から」（從）跟「まで」（到）來表示，也就是從「車站」到「郵局」了。

30 〔時間〕＋から、〔時間〕＋まで

表示時間的起點和終點，也就是時間的範圍。「から」前面的名詞是開始
的時間，「まで」前面的名詞是結束的時間。可譯作「從…到…」。

> 「から～まで」→從…到
> …。時間、場所、數量的
> 範圍。
>
> 「までに」→在…之前。
> 動作的截止期限。

1 9時から 6時まで 働きます。
從九點工作到六點。

2 夏休みは 7月から 9月までです。
暑假是從七月開始到九月為止。

3 会社は 月曜日から 金曜日までです。
公司上班是從週一到週五。

4 火曜日から 金曜日までは 忙しいです。
週二到週五很忙。

重點
說明

開始時間　　　　　　結束時間……時間的起點和終點
　　↓　　　　　　　　↓
夏休みは 7月から 9月までです。
暑假是從七月開始到九月為止。

七月から ─→ 九月まで

> 好棒喔！又快暑假了！
> 暑假有多長呢？
> 看表示時間「起點」和
> 「終點」的「から」
> （從）跟「まで」
> （到），原來是從7月
> 到9月呢！

31 〔起點（人）〕から

表示從某對象借東西、從某對象聽來的消息，或從某對象得到東西等。
「から」前面就是這某對象。可譯作「從…」、「由…」。

1 私から 電話します。
由我打電話過去。

2 昨日 図書館から 本を 借りました。
昨天跟圖書館借了本書。

3 山田さんから 時計を 借りました。
我向山田先生借了手錶。

4 先生から アドバイスを もらいました。
從老師那邊得到了建議。

重點說明

人	對象	行為……從某對象得某物
↓	↓	↓

山田さんから 時計を 借りました。
我向山田先生借了手錶。

から

明天要考試，不帶個錶不行，跟山田先生借一下。

這隻錶是跟誰借的呢？看「から」（從）前面，原來是山田先生。

32 …から、…（原因）

表示原因、理由。一般用於說話人出於個人主觀理由，進行請求、命令、希望、主張及推測。是比較強烈的意志性表達。可譯作「因為…」。

1 もう　遅いから、家へ　帰ります。
因為已經很晚了，我要回家了。

2 忙しいから、新聞を　読みません。
因為很忙所以不看報紙。

3 雨が　降って　いるから、今日は　出かけません。
因為在下雨，所以今天不出門。

4 今日は　天気が　悪いから、傘を　持って　いきます。
因為今天天氣不好，所以帶傘去。

重點
說明

　原因　　　　　　對象　　　　　行為……原因
　↓　　　　　　　↓　　　　　　　↓
忙しいから、新聞を　読みません。
因為很忙所以不看報紙。

→ **から**

怎麼不看報紙呢？看表示原因的「から」，知道原來是太忙了。很忙是出自個人的主觀理由喔！

…ので、…（原因）

表示原因、理由。前句是原因，後句是因此而發生的事。是比較委婉的表達方式。一般用在客觀的自然的因果關係，所以也容易推測出結果。可譯作「因為…」。

1 疲_{つか}れたので、早_{はや}く 寝_ねます。
因為很累了，我要早點睡。

2 雨_{あめ}なので、行_いきたく ないです。
因為下雨，所以不想去。

3 寒_{さむ}いので、コートを 着_きます。
因為很冷，所以穿大衣。

4 仕事_{しごと}が あるので、7時_{しちじ}に 出_でかけます。
因為有工作，所以七點要出門。

> 比較：
>
> ので→自然的因果關係。
>
> から→表示主觀的行為的理由。

重點說明

原因　　　　　　　結果……原因
↓　　　　　　　　　↓
寒_{さむ}いので、コートを 着_きます。
因為很冷，所以穿大衣。

怎麼穿起大衣了。唉呦！東京的冬天真冷！

原來是「寒い」天氣冷。感到很冷，自然的因果關係喔！

ので

34 …や… （並列）

表示在幾個事物中，列舉出二、三個來做為代表，
其他的事物就被省略下來，沒有全部說完。可譯作
「…和…」。

比較：

や→幾個事物中，只列舉
出其中一部分。

と→想要敘述的東西，全
部都列舉出來。

1 りんごや　みかんを　買いました。
買了蘋果和橘子。

2 冷蔵庫には　ジュースや　果物が　あります。
冰箱裡有果汁和水果。

3 赤や　黄色の　花が　咲いて　います。
開著或紅或黃的花。

4 机の　上に　本や　辞書が　あります。
書桌上有書和字典。

重點
說明

事物　　事物　　　　　　　　　行為……列舉事物
　↓　　　↓　　　　　　　　　　↓
赤や　黄色の　花が　咲いて　います。
開著或紅或黃的花。

今天和兩個好友
到北海道玩。夏
天的北海道滿山
滿野都是花！

遍地綻放著紅色
跟黃色的花，還
有…。說不完的
就用「や」來舉
出幾個就好了。

や

35 …や…など

這也是表示舉出幾項，但是沒有全部說完。這些沒有全部說完的部分用「など」（等等）來加以強調。「など」常跟「や」前後呼應使用。可譯作「和…等」。這裡雖然多加了「など」，但意思跟「…や…」基本上是一樣的。

1 机に　ペンや　ノートなどが　あります。
書桌上有筆和筆記本等等。

2 近くに、駅や　花屋などが　あります。
附近有車站和花店等等。

3 公園で　テニスや　野球などを　します。
在公園打網球和棒球等等。

4 お祭りには　小学生や　中学生などが　来ます。
廟會祭典有小學生和國中生等等來參加。

重點説明

事物　　　　　事物　　　　　行為……列舉事物
　↓　　　　　　↓　　　　　　↓

机に　ペンや　ノートなどが　あります。
書桌上有筆和筆記本等等。

や　　　など

考試快到了！好！準備好好啃書了。拿出跟山田借的筆記本、筆，還有…。

看「や」跟「など」前面的名詞，就知道桌上除了「ペン」、「ノート」之外，還有其他等等呢！

36 名詞＋の＋名詞

「名詞＋の＋名詞」用於修飾名詞，表示該名詞的所有者（私の本）、內容說明（歷史の本）、作成者（日本の車）、數量（１００円の本）、材料（紙のコップ）還有時間、位置等等。可譯作「…的…」。

1 これは　私の　本です。
這是我的書。

2 彼は　日本語の　先生です。
他是日文老師。

3 五月五日は　こどもの日です。
五月五日是兒童節。

4 中山さんは　会社の　社員です。
中山先生是公司職員。

重點說明

名詞（擁有者）　　名詞（所屬物）……事物的所有

これは　私の　　本です。
這是我的書。
の

這本書很不錯喔！是誰的？

看「の」前面，原來是屬於「私」（我）的，要記得說明的重點是後面的「本」喔！

37 名詞＋の

這裡的準體助詞「の」，後面可以省略前面出現過的名詞，不需要再重複，或替代該名詞。可譯作「…的」。

---

1 その　車は　私のです。
　那輛車是我的。

2 この　時計は　誰のですか。
　這個時鐘是誰的？

3 私の　傘は　一番　左のです。
　我的傘是最左邊的那一支。

4 私の　かばんは　あの　黒いのです。
　我的包包是那個黑色的。

重點
說明

　　　話題　　擁有者　所屬物……以「の」替代所屬物
　　　↓　　　　↓　　　　↓
その　車は　私　　　のです。
那輛車是我的。

好棒的車！真炫！是誰的啊？

の

後面用「私の」（我的），其中「の」代替前面出現過的「車」。

38 名詞＋の（名詞修飾主語）

在「私が　作った　歌」這種修飾名詞（「歌」）句節裡，可以用「の」代替「が」，成為「私の　作った　歌」。那是因為這種修飾名詞的句節中的「の」，跟「私の　歌」中的「の」有著類似的性質。

1 あれは　兄の　描いた　絵です。
那是哥哥畫的畫。

2 姉の　作った　料理です。
這是姊姊做的料理。

3 友達の　撮った　写真です。
這是朋友照的相片。

4 どなたの　書いた　字ですか。
這是哪一位寫的字呢？

重點說明

名詞　　　動詞　　　事物……名詞修飾主語
↓　　　　↓　　　　↓
あれは　兄の　描いた　絵です。
那是哥哥畫的畫。

の

那邊有一幅畫耶！是誰畫的呢？

這裡的「の」是代替「が」的。「兄の描いた絵」其實就是「兄の絵」，兩個「の」有這類似的性質。

…は…です（主題）

助詞「は」表示主題。所謂主題就是後面要敘述的對象，或判斷的對象。而這個敘述的內容或判斷的對象，只限於「は」所提示的範圍。用在句尾的「です」表示對主題的斷定或是說明。

1 私は　山田です。
　我是山田。

2 太郎は　学生です。
　太郎是學生。

3 冬は　寒いです。
　冬天很冷。

4 花子は　きれいです。
　花子很漂亮。

比較：

は→進行說明或判斷。

が→敘述眼前看到、耳朵聽到的。

重點說明

主題（對象）　　説明　　斷定等……主題的説明或斷定
↓　　　　　　　↓　　　↓
私は　　　　　山田　　です。
我是山田。

は

這句是最快的自我介紹法喔！這句的「は」前面是主題「私」（我），也就是限定要談的對象。

我叫什麼呢？看「は」後面對主題的說明，原來是「山田」啦！句尾的「です」（是）對主題起斷定的作用喔！

40 …は…ません（否定）

後面接否定「ません」，表示「は」前面的名詞或代名詞是動作、行為否定的主體。

1 太郎は　肉を　食べません。
太郎不吃肉。

2 彼女は　スカートを　穿きません。
她不穿裙子。

3 花子は　学生じゃ　ありません。
花子不是學生。

4 飲み物は　いりません。
不要飲料。

重點説明

主體　　　對象　　　　行為（否定）……否定動作或行為
　↓　　　　↓　　　　　　↓
太郎は　肉を　食べません。
太郎不吃肉。

這句話主題是「太郎」，太郎怎麼了？

は

後面用動詞否定式「食べません」（不吃），然後前面是吃的對象「肉」，知道原來是「不吃肉了」。

41 …は…が、…は… (對比)

「は」除了提示主題以外，也可以用來區別、比較兩個對立的事物，也就是對照地提示兩種事物。可譯作「但是…」。

1 兄は　いますが、姉は　いません。
　　哥哥在，但是姊姊不在。

2 猫は　外で　遊びますが、犬は　遊びません。
　　貓咪會在外頭玩，但是狗狗不會。

3 昨日　暖かったですが、今日は　暖かく　ないです。
　　昨天很暖和，但是今天不暖和。

4 前は　きれいでしたが、今は　きれいでは　ありません。
　　之前很漂亮，但是現在不漂亮。

重點説明

對比

事物1　　　　　　　　　　　　事物2……比較兩個對立事物
↓　　　　　　　　　　　　　　　↓
猫は　外で　遊びますが、犬は　遊びません。
貓咪會在外頭玩，但是狗狗不會。

隔壁家養了一隻頑皮貓，跟一隻乖乖狗！

每次「猫」都到外面玩得很瘋，但是「犬」卻忠心耿耿地看家。後面跟前面內容是互相對立的喔！

は　が　は

42 …も…（並列）

表示同性質的東西並列或列舉。可譯作「…也…」、「都…」。

---

1 私も　行きました。
　　我也去了。

2 猫も　犬も　黒いです。
　　貓跟狗都是黑色的。

3 私は　肉も　魚も　食べません。
　　我不吃肉也不吃魚。

4 兄も　姉も　出かけます。
　　哥哥和姊姊都要出去。

重點說明

東西1　東西2……並列同性質的東西
　　↓　　　↓
猫も　犬も　黒いです。
貓跟狗都是黑色的。

隔壁的頑皮貓跟乖乖狗，是什麼顏色呢？

用「…も…も」（…和…都）來並列出同性質的東西，也就是「貓和狗都是黑色的」。

も

43 …も…（附加、重複）

用於再累加上同一類型的事物。可譯作「也…」、「又…」。

1 鈴木さんも 医者です。
鈴木先生也是醫生。

2 本も ノートも 二冊 あります。
書跟筆記本都各有兩本。

3 今日も 明日も 働きます。
今天和明天都要工作。

4 ヤンさんも 鈴木さんも 初めてです。
楊先生和鈴木先生都是第一次。

重點說明

事物1　　　　事物2（附加）……累加同一類事物
　↓　　　　　　　↓
今日も　明日も　働きます。
今天和明天都要工作。

工作好忙喔！工作情形如何呢？

這裡的「…も…も」（…和…都）表示累加同一類事物，也就是「今天和明天都要工作」。

も

44 …も…（數量）

「も」前面接數量詞，表示數量比一般想像的還多，有強調多的作用。含有意外的語意。可譯作：「竟」、「也」。

> 比較：
>
> も→數量比一般想像的還多。
>
> しか…ない→數量比一般想像的還少。

1 10時間も 寝ました。
　睡了10個小時之多。

2 ご飯を 3杯も 食べました。
　飯吃了3碗之多。

3 ビールを 10本も 飲みました。
　竟喝了10罐之多的啤酒。

4 風邪で、一週間も 休みました。
　因為感冒，竟然整整休息了一個禮拜。

重點說明

　　　　數量（強調）　　　行為……強調
　　　　　　↓　　　　　　　　↓
ご飯を 3杯も 食べました。
飯吃了3碗之多。

平常只吃一碗飯。

但看「も」前面，竟然吃了「3杯」（3碗），這裡的「も」強調飯量比一般想像還多。

	1	2	3	4
數字唸法	いち	に	さん	し／よん
～番/ばん	いち番	に番	さん番	よん番
～個/こ	いっ個	に個	さん個	よん個
～回/かい	いっ回	に回	さん回	よん回
～枚/まい	いち枚	に枚	さん枚	よん枚
～台/だい	いち台	に台	さん台	よん台
～冊/さつ	いっ冊	に冊	さん冊	よん冊
～歳/さい	いっ歳	に歳	さん歳	よん歳
～本/ほん、ぼん、ぽん	いっぽん	にほん	さんぼん	よんほん
～匹/ひき	いっぴき	にひき	さんびき	よんひき
～分/ふん、ぷん	いっぷん	にふん	さんぷん	よんぷん
～杯/はい、ばい、ぱい	いっぱい	にはい	さんばい	よんはい
ひとり	ふたり	さんにん	よにん	ごにん

～番：～號（表示順序）
～回：～次（表示頻率）
～台：～台（表示機器、車輛等之數量）
～才：～歳（表示年齢）
～匹：～隻（表示小動物、魚、昆蟲等之數量）
～杯：～杯（表示杯裝的飲料之數量）

5	6	7	8	9	10
ご	ろく なな	しち／	はち きゅう	く	じゅう
ご番	ろく番	なな番	はち番	きゅう番	じゅう番
ご個	ろっ個	なな個	はっ個	きゅう個	じゅっ個／じっ個
ご回	ろっ回	なな回	はっ回	きゅう回	じゅっ回／じっ回
ご枚	ろく枚	なな枚	はち枚	きゅう枚	じゅう枚
ご台	ろく台	なな台	はち台	きゅう台	じゅう台
ご冊	ろく冊	なな冊	はっ冊 じっ冊	きゅう冊	じゅっ冊／
ご歳	ろく歳	なな歳	はっ歳	きゅう歳	じゅっ歳／じっ歳
ごほん	ろっぽん	ななほん	はっぽん	きゅうほん	じゅっぽん／じっぽん
ごひき	ろっぴき	ななひき	はっぴき	きゅうひき	じっぴき
ごふん	ろっぷん	ななふん／ しちふん	はっぷん	きゅうふん	じゅっぷん／ じっぷん
ごはい	ろっぱい	ななはい	はっぱい	きゅうはい じっぱい	じゅっぱい／ 人數數法
ろくにん	ななにん／ しちにん	はちにん	きゅうにん	じゅうにん	

〜個：〜個（表示小物品之數量）
〜枚：〜張（表示薄、扁平的東西之數量）
〜冊：〜本（表示書、筆記本、雜誌之數量）
〜本：〜瓶（表示尖而細長的東西之數量）
〜分：〜分（表示時間）

45 〔疑問詞〕＋も＋〔否定〕（完全否定）

「も」上接疑問詞，下接否定語，表示全面的否定。可譯作「也（不）…」、「都（不）…」。

1 部屋には 誰も いません。
房間裡沒有半個人。

2 机の 前に 何も ありません。
桌子前面什麼都沒有。

3 どれも 好きでは ありません。
沒有一個喜歡的。

4 どこにも 行きたく ありません。
哪裡都不想去。

重點
說明

　　　　　　　疑問詞　　　動詞（否定）……完全否定
　　　　　　　　↓　　　　　↓
机の 前に 何も ありません。
桌子前面什麼都沒有。

桌子前面有
東西嗎？

看「も」前面加疑問詞「何」（什麼），後面又是否定「ありません」（沒有），就知道「桌子前面什麼都沒有」囉！

46 には／へは／とは（とも）

格助詞「に、へ、と…」後接「は」或「も」，有強調格助詞前面的名詞的作用。

1 この　川には　魚が　多いです。
　かわ　　　さかな　おお
這條河裡魚很多。

2 あの　子は　公園へは　来ません。
　　　こ　　こうえん　き
那個孩子不會來公園。

3 太郎とは　話したく　ありません。
　たろう　　はな
我才不想和太郎說話。

重點說明

名詞（←強調）　　　　説明……強調
　↓　　　　　　　　　　　↓
この　川には　魚が　多いです。
　　　かわ　　さかな　おお
這條河裡魚很多。

我發現了一條河，河裡有很多魚喔！

這句話為了強調，有很多魚的是「この川」（這條河），所以在表示場所的「に」後面多加了一個「は」。意含暫時不管別條河，起碼這條河的魚很多。

には

47 にも／からも／でも（では）

格助詞「に、から、で…」後接「も」，有強調格助詞前面的名詞的作用。

1 そこからも バスが 来ます。
公車也會從那邊過來。

2 テストは 私にも 難しいです。
考試對我而言也很難。

3 これは どこでも 売って います。
這東西到處都在賣。

48 〔時間〕＋ぐらい／くらい

表示時間上的推測、估計。一般用在無法預估正確的時間，或是時間不明確的時候。可譯作「大約」、「左右」、「上下」。

1 20分ぐらい　話しました。

聊了20分鐘左右。

2 昨日は　6時間ぐらい　寝ました。

昨天睡了六小時左右。

3 私は　毎日　二時間ぐらい　勉強します。

我每天大約唸兩個小時的書。

4 お正月には　1週間ぐらい　休みます。

過年期間大約休假一個禮拜。

重點説明	時間（←推測）　　　　行為……推測、估計

時間（←推測）
↓ じかん

行為……推測、估計
↓ ね

昨日は　6時間ぐらい　寝ました。

昨天睡了6小時左右。

ぐらい ⟶ 6hr

喔喔！睡得好熟喔！昨天睡了「6時間」（6個小時）左右。

由於睡眠時間一般很難正確估算，這時候就用「ぐらい」來表示時間上的推測、估計。

49 〔數量〕＋ぐらい／くらい

表示數量上的推測、估計。一般用在無法預估正確的數量，或是數量不明確的時候。可譯作「大約」、「左右」、「上下」。

1 トマトを 三^{みっ}つぐらい 食^たべました。
吃了大約三個蕃茄。

2 お皿^{さら}は 10枚^{じゅうまい}ぐらい あります。
盤子約有10個左右。

3 社員^{しゃいん}は 3000人^{さんぜんにん}ぐらい います。
大約有3000名職員。

4 この 本^{ほん}は 3回^{さんかい}ぐらい 読^よみました。
這本書看了3次左右。

重點說明

數量（←推測） 行為……推測、估計
↓ ↓

お皿^{さら}は 10枚^{まい}ぐらい あります。
盤子約有10個左右。

ぐらい

哇！洗這麼多盤子啊！有幾個盤子啊？

我算算1,2,3,4…唉呀！數得眼睛都花了，大概有10個左右吧！表示數量上的推測、估計就用「ぐらい」吧！

だけ

表示只限於某範圍，除此以外沒有別的了。可譯作「只」、「僅僅」。

1 お弁当は 一つだけ 買います。
   只要買一個便當。

2 テレビは 一時間だけ 見ます。
   只看一小時的電視。

3 漢字は 少しだけ わかります。
   漢字只懂得一點點。

重點
說明

話題　　　　事物（←限定）　　　行為……限定某範圍
　↓　　　　　　↓　　　　　　　　　　↓
お弁当は　一つだけ　　買います。
只買一個便當。

だけ

今天家裡只有我一個人，午餐就買便當吃吧！

「だけ」帶有肯定前面「一つ」（一個）的意味。因為只有一個人，所以買一個就很夠了。

51 しか＋〔否定〕

下接否定，表示限定。一般帶有因不足而感到可惜、後悔或困擾的心情。可譯作「只」、「僅僅」。

比較：

「だけ」→只有…。表限定，後可接肯定、否定。

「しか」→（可惜）僅有…。表限定，後只接否定。

1 お弁当は 一つしか 買いませんでした。
僅僅買了一個便當而已。

2 5000円しか ありません。
僅有5000日圓。

3 手紙を 半分しか 読んで いません。
信只看了一半而已。

4 今年の 雪は 1回しか 降りませんでした。
今年僅僅下了一場雪而已。

重點說明

話題　　　　事物（←限定）　　　行為（否定）……限定
　↓　　　　　　↓　　　　　　　　　↓

お弁当は 一つしか 買いませんでした。

僅僅買了一個便當而已。

唉啊！怎麼來這麼多人，我只買一個便當耶！

「しか」含有因數量不足，而感後悔等心情喔！

しか

ずつ

接在數量詞後面，表示平均分配的數量。可譯作「每」、「各」。

1 ひらがなを　10回ずつ　ノートに　書いて　ください。
在筆記本上寫平假名各寫10次。

2 みんなで　100円ずつ　出します。
大家各出100圓。

3 お菓子は　一人　一個ずつです。
點心一人一個。

4 一人ずつ　話して　ください。
請每個人輪流說話。

重點
說明

數量詞　　　行為……平均分配的數量
↓　　　　　↓
みんなで　100円ずつ　出します。
大家各出100日圓。

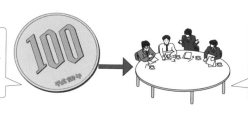

這一期樂透上看3億，大家一起來買吧！

「100円」（100日圓）加上「ずつ」，表示每個人平均要拿出來的金額是100日圓。

53 ⋯か⋯（選擇）

表示在幾個當中，任選其中一個。可譯作「或者⋯」。

1 ビールか　お酒(さけ)を　飲(の)みます。
　　喝啤酒或是清酒。

2 ペンか　鉛筆(えんぴつ)で　書(か)きます。
　　用原子筆或鉛筆寫。

3 新幹線(しんかんせん)か　飛行機(ひこうき)に　乗(の)ります。
　　搭新幹線或是搭飛機。

4 メールか　ファックスを　送(おく)ります。
　　用電子郵件或是傳真送過去。

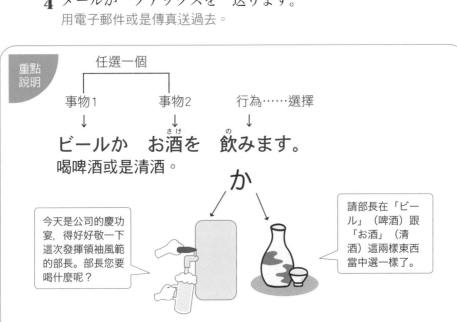

重點說明

任選一個

事物1　　　事物2　　　行為⋯⋯選擇
↓　　　　↓　　　　　　　↓
ビールか　お酒(さけ)を　飲(の)みます。
喝啤酒或是清酒。

か

今天是公司的慶功宴，得好好敬一下這次發揮領袖風範的部長。部長您要喝什麼呢？

請部長在「ビール」（啤酒）跟「お酒」（清酒）這兩樣東西當中選一樣了。

54 …か…か… (選擇)

「か」也可以接在最後的選擇項目的後面。跟「…か…」一樣，表示在幾個當中，任選其中一個。可譯作「…或是…」。

1 行くか　行かないかは　分かりません。
不知道去還是不去。

2 好きか　嫌いか　知りません。
不知道喜歡還是討厭。

3 暑いか　寒いか　わかりません。
不知道是冷還是熱。

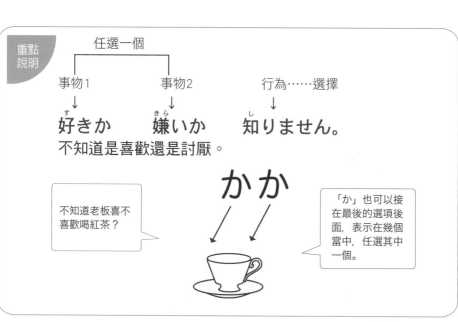

重點說明

任選一個

事物1　　　　事物2　　　　　行為……選擇
↓　　　　　　↓　　　　　　　　↓
好きか　　　嫌いか　　　知りません。
不知道是喜歡還是討厭。

かか

不知道老板喜不喜歡喝紅茶？

「か」也可以接在最後的選項後面，表示在幾個當中，任選其中一個。

55 〔疑問詞〕＋か

「か」前接「なに、だれ、いつ、どこ」等疑問詞後面，表示不明確的、不肯定的，或是沒有必要說明的事物。

比較：

「か」→表疑問。問別人自己想知道的事。

「の」→表疑問。使用在關係較親密的人，婦女或兒童用語。語調要上揚。

1 何か 食べましたか。
有吃了什麼了嗎？

2 誰か 来ましたか。
有誰來過嗎？

3 いつか 行きましょう。
改天一起去吧。

4 どこか 行きたいですか。
想去哪裡嗎？

重點說明

疑問詞　　行為……不明確的事物等
　↓　　　　　↓
何か 食べましたか。
有吃了什麼了嗎？

姐！上次聯誼妳們吃什麼啊？

弟弟知道姐姐在聯誼會上有吃東西，但不確定是什麼，就用「何」加「か」。

か

56 〔句子〕＋か

接於句末，表示問別人自己想知道的事。可譯作「嗎」、「呢」。

1 あなたは　学生_{がくせい}ですか。

你是學生嗎？

2 山田_{やまだ}さんは　先生_{せんせい}ですか。

山田先生是老師嗎？

3 映画_{えいが}は　面白_{おもしろ}いですか。

電影好看嗎？

4 今晩_{こんばん}　勉強_{べんきょう}しますか。

今晚會唸書嗎？

重點說明

句子……想知道的事
↓

あなたは　学生_{がくせい}ですか。

你是學生嗎？

聯誼會上，被一個女生問了一堆問題。「你口音很重呦！是哪裡人？」「你一個人住嗎？」還問，「你是學生嗎？」

「か」放在句末，表示問別人自己想知道的事。

か

57 〔疑問句〕＋か。〔疑問句〕＋か。

表示從不確定的兩個事物中，選出一樣來。可譯作「是…，還是…」。

1　それは　ペンですか、鉛筆ですか。
　　那是原子筆？還是鉛筆？

2　アリさんは　インド人ですか、アメリカ人ですか。
　　阿里先生是印度人？還是美國人？

3　ラーメンは　おいしいですか、まずいですか。
　　拉麵好吃？還是難吃？

4　この　傘は　伊藤さんのですか、鈴木さんのですか。
　　這把傘是伊藤先生的？還是鈴木先生的？

重點說明

　　　　　　　　不確定的兩事物

疑問句　　　　　　　　　疑問句……選出一樣
　↓　　　　　　　　　　　　　↓

アリさんは　インド人ですか、アメリカ人ですか。
阿里先生是印度人？還是美國人？

我們學校有很多留學生，大眼睛大鼻子的阿里就是其中一個。

阿里是印度人還是美國人呢？這裡的兩個「か」，都接在疑問句的後面，表示從不確定的兩個事物中，選出一樣來。

か

58 〔句子〕＋ね

表示輕微的感嘆，或話中帶有徵求對方認同的語氣。基本上使用在說話人認為對方也知道的事物。也表示跟對方做確認的語氣。

1 山中さんは 遅いですね。
山中先生好慢喔。

2 今日は とても 暑いですね。
今天好熱呀。

3 雨ですね。傘を 持って 行きますか。
在下雨呢。有帶傘嗎？

4 この ケーキは 美味しいですね。
這蛋糕真好吃呢。

重點說明

句子 ……徵求對方認同等
↓
今日は とても 暑いですね。
今天好熱呀。

ね →

哇！今天氣溫狂飆到38度，熱到不行！

你說是不是呢？希望對方同意自己的感覺，也就是對天氣熱，有同樣的感受句尾就用「ね」。

59 〔句子〕＋よ

請對方注意，或使對方接受自己的意見時，用來加強語氣。基本上使用在說話人認為對方不知道的事物，想引起對方注意。可譯作「…喔」。

1 この　料理は　おいしいですよ。
  這道菜很好吃喔。

2 あの　映画は　面白いですよ。
  那部電影很好看喔。

3 あ、危ない！車が　来ますよ。
  啊！危險！車子來了喔！

4 兄は　もう　結婚しましたよ。
  哥哥已經結婚了喲。

> **比較：**
>
> よ→對方不知道的事物，引對方注意。
>
> ね→對方也知道的事物，希望對方認同自己。

重點說明

句子　……請對方注意等
↓

あ、危ない！車が　来ますよ。
啊！危險！車子來了喔。

小朋友，危險！有車子！

要通知對方，請對方注意，句尾就用「よ」。

60 〔句子〕＋わ

表示自己的主張、決心、判斷等語氣。女性用語。在句尾可使語氣柔和。可譯作「…啊」、「…呢」、「…呀」。

1 私も 行きたいわ。
　我也好想去啊！

2 早く 休みたいわ。
　真想早點休息呀！

3 喫茶店に 入りたいわ。
　好想去咖啡廳啊！

4 あ、お金が ないわ。
　啊！沒有錢了！

重點說明

句子　　……自己的判斷（女性用語）等
↓
あ、お金が ないわ。
啊！沒有錢了。

一個月咻地一聲，又到月底了！

打開錢包，怎麼又沒錢了。這裡的「わ」表示自己的判斷。也就是從錢包、存摺的存款等判斷，沒錢了這件事。

NO MONEY…

I　問題　（　　）の　ところに　なにを　いれますか。1・2・3・
　　4から　いちばん　いい　ものを　1つ　えらびなさい。

1　あしたの　よるは　あめ（　　）　ふるでしょう。

　　　1　は　　　　　2　が　　　　　3　を　　　　　4　で

2　ぞうは　はな（　　）　ながいです。みみは　とても　おおきいです。

　　　1　は　　　　　2　が　　　　　3　を　　　　　4　で

3　すみません、このバスは　えきの　まえ（　　）　とおりますか。

　　　1　が　　　　　2　に　　　　　3　を　　　　　4　へ

4　ふるい　きょうかしょは　いえ（　　）　ありますが、あたらしい

　　　きょうかしょは　ありません。

　　　1　で　　　　　2　を　　　　　3　が　　　　　4　に

5　すみませんが、みず（　　）　1ぱい　ほしいです。

　　　1　は　　　　　2　が　　　　　3　に　　　　　4　で

6　たなかさんは　ちゅうごくご（　　）　できますか。

　　　1　は　　　　　2　が　　　　　3　を　　　　　4　に

7　きのう　たなかさん（　　）　あいました。

　　　1　で　　　　　2　に　　　　　3　を　　　　　4　が

8　この　まえ　せんせい（　　）　でんわして　しつもんしました。

　　　1　で　　　　　2　に　　　　　3　を　　　　　4　が

9　わたしは　すし（　　）　だいすきです。すきやきも　だいすきです。

　　　1　は　　　　　2　を　　　　　3　が　　　　　4　で

10　ははは　りょうり（　　）　じょうずです。　テニスも　じょうずです。

　　　1　に　　　　　2　が　　　　　3　を　　　　　4　で

11 わたしは　いつも　1にち（　　）　2かい　コーヒーを　のみます。

    1　に　　　　　2　を　　　　　3　は　　　　　4　が

12 わたしは　2ねんかん、とうきょうだいがく（　　）　べんきょうしました。

    1　の　　　　　2　で　　　　　3　に　　　　　4　は

13 タイペイえきの　まえで　バス（　　）　のりました。

    1　で　　　　　2　に　　　　　3　を　　　　　4　が

14 ともだちと　へや（　　）　ビデオを　みました。

    1　の　　　　　2　に　　　　　3　で　　　　　4　も

15 えきまで　バス（　　）　いきました。　それから　でんしゃに　のりました。

    1　に　　　　　2　で　　　　　3　を　　　　　4　の

16 ともだちと　けいたいでんわ（　　）　はなしました。

    1　を　　　　　2　で　　　　　3　に　　　　　4　と

17 デパートへ　かいもの（　　）　いきました。

    1　で　　　　　2　に　　　　　3　まで　　　　　4　から

18 1しゅうかん（　　）　1かい　にほんごの　がっこうへ　いきます。

    1　で　　　　　2　に　　　　　3　から　　　　　4　へ

19 たまごと　こむぎこ（　　）　クッキーを　つくりました。

    1　に　　　　　2　へ　　　　　3　を　　　　　4　で

20 すみませんが、えいご（　　）　はなして　ください。

    1　を　　　　　2　で　　　　　3　に　　　　　4　が

21 きのう　ともだちと　えいが（　　）　みました。

　　1　が　　　　　2　を　　　　　3　に　　　　　4　へ

22 わたしは　まいあさ　8じに　いえ（　　）　でます。

　　1　へ　　　　　2　に　　　　　3　を　　　　　4　は

23 きのうは　テストでした。けれども、わたしは　かぜ（　　）　がっこうに　いきませんでした。

　　1　を　　　　　2　で　　　　　3　に　　　　　4　は

24 「すみません、これは　いくらですか。」「3つ（　　）　５００えんです。」

　　1　が　　　　　2　に　　　　　3　は　　　　　4　で

25 この　みかんは　ぜんぶ（　　）　いくらですか。

　　1　は　　　　　2　で　　　　　3　の　　　　　4　に

26 きょうは　どこ（　　）　いきましたか。

　　1　を　　　　　2　へ　　　　　3　から　　　　　4　で

27 すみませんが、そこの　しお（　　）　こしょうを　とって　ください。

　　1　を　　　　　2　と　　　　　3　は　　　　　4　が

28 ともだち（　　）　としょかんで　べんきょうを　しました。

　　1　で　　　　　2　や　　　　　3　と　　　　　4　を

29 いそいで　バス（　　）　おりました。

　　1　が　　　　　2　を　　　　　3　へ　　　　　4　に

30 としょかん　（　　）　たくさん　ほんが　あります。

　　1　へ　　　　　2　で　　　　　3　に　　　　　4　を

31 やまださんは　たなかさん（　　）　けっこんしました。

　　　1　を　　　　　2　と　　　　　3　で　　　　　4　が

32 だれ（　　）　パーティーへ　いきましたか。

　　　1　は　　　　　2　を　　　　　3　と　　　　　4　へ

33 わたしは　にほんごの　コンピューター（　　）　できます。

　　　1　は　　　　　2　が　　　　　3　を　　　　　4　に

34 まいにち　がっこうで　にほんご（　　）　べんきょうします。

　　　1　は　　　　　2　が　　　　　3　を　　　　　4　に

35 ちちは　まいあさ　8じ（　　）　かいしゃへ　いきます。

　　　1　に　　　　　2　で　　　　　3　から　　　　4　まで

36 わたしは　3ねんまえ（　　）　にほんに　きました。

　　　1　で　　　　　2　から　　　　3　まで　　　　4　に

37 あなたの　いえは　えき（　　）　どの　くらいですか。

　　　1　で　　　　　2　に　　　　　3　まで　　　　4　を

38 あめですね。　えき（　　）　タクシーで　いきましょう。

　　　1　と　　　　　2　まで　　　　3　を　　　　　4　が

39 あたらしい　えいがは　5がつ（　　）　はじまります。

　　　1　まで　　　　2　に　　　　　3　へ　　　　　4　で

40 にほんごの　じゅぎょうは　なんじ（　　）ですか。

　　　1　まで　　　　2　を　　　　　3　に　　　　　4　と

41 きょうかしょ（　　）　ノートなどは　かばんの　なかに　いれて　ください。

1　と　　　　　　2　や　　　　　　3　は　　　　　　4　を

42 パーティーで　だれ（　　）　ギターを　ひきましたか。

1　は　　　　　　2　が　　　　　　3　を　　　　　　4　へ

43 にんじん（　　）　すきじゃ　ありませんが、　だいこんは　すきです。

1　を　　　　　　2　は　　　　　　3　に　　　　　　4　へ

44 あした（　　）　ちこく　しないで　くださいね。

1　に　　　　　　2　は　　　　　　3　を　　　　　　4　で

45 「コーヒーは　ありますか。」「すみません。コーヒーは　ありません。

おちゃ（　　）　ジュースで　いいですか。」

1　か　　　　　　2　と　　　　　　3　で　　　　　　4　を

46 すみません、かみを　3まい（　　）　くださいませんか。

1　まで　　　　　2　を　　　　　　3　くらい　　　　4　から

47 30ぷん（　　）　まちましたが　バスは　きませんでした。

1　くらい　　　　2　など　　　　　3　しか　　　　　4　ごろ

48 きょうしつには　たなかさん（　　）　いませんでした。

1　くらい　　　　2　など　　　　　3　まで　　　　　4　しか

49 なつやすみは　いつ（　　）　いつまでですか。

1　まで　　　　　2　から　　　　　3　だけ　　　　　4　より

50 りんご（　　）　みかんを　かいました。

1　は　　　　　　2　や　　　　　　3　が　　　　　　4　を

解答欄：Ⅰ 41~50(2)，(2)，(4)，(1)，(2)，(3)，(3)，(1)，(2)，(2)，(2)

51 えんぴつ（　　）　ノートは　じぶんで　かって　ください。

　　1　は　　　　　2　や　　　　　3　が　　　　　4　を

52 さいふに　５０えん（　　）　ありませんでした。

　　1　くらい　　　2　しか　　　　3　だけ　　　　4　まで

53 この　へやは　えきから　ちかいです（　　）、　あまり　きれいじゃ　ありません。

　　1　し　　　　　2　で　　　　　3　が　　　　　4　から

54 かれは　あたまが　いいです（　　）、　せいかくが　あまり　よく　ありません。

　　1　し　　　　　2　で　　　　　3　が　　　　　4　から

55 だれが　はなを　もって　きました（　　）。

　　1　よ　　　　　2　か　　　　　3　ね　　　　　4　わ

56 たなかかちょうは　ちゅうごくご（　　）　できませんが、えいごは　じょうずです。

　　1　を　　　　　2　は　　　　　3　に　　　　　4　へ

57 きのう　テレビ（　　）　みませんでした。

　　1　へ　　　　　2　が　　　　　3　は　　　　　4　に

58 きょうは　とても　あついです（　　）。

　　1　は　　　　　2　ね　　　　　3　と　　　　　4　や

59 あの　せんせいは　とても　きびしいです（　　）。

　　1　は　　　　　2　と　　　　　3　や　　　　　4　よ

60 テニスを　しました。　それから　ピンポン（　　）　しました。

　　1　は　　　　　2　も　　　　　3　や　　　　　4　に

61 コンピューターも デジカメ（　　）　わかりません。

　　1　が　　　　　2　は　　　　　3　に　　　　　4　も

62 きのう　ちちに　でんわを　しましたが、ともだち（　　）は　しませんでした。

　　1　に　　　　　2　も　　　　　3　で　　　　　4　が

63 この　バスは　どうぶつえん（　　）は　いきません。

　　1　に　　　　　2　で　　　　　3　を　　　　　4　から

64 わたしは　たなかさん（　　）は　けっこんしません。

　　1　に　　　　　2　を　　　　　3　と　　　　　4　から

65 この　がっこうは　ヨーロッパ（　　）も　たくさん　がくせいが　きて　います。

　　1　から　　　　2　に　　　　　3　へ　　　　　4　まで

66 この　えいがを　みます（　　）、　それとも　あの　えいがを　みますか。

　　1　よ　　　　　2　か　　　　　3　ね　　　　　4　わ

67 かれは　そんなに　わるい　ひとです（　　）。

　　1　は　　　　　2　ね　　　　　3　か　　　　　4　よ

68 この　くつは　とても　ふるいですから、あたらしい　くつ（　　）ほしいです。

　　1　は　　　　　2　が　　　　　3　に　　　　　4　へ

69 こたえは　ボールペン（　　）　まんねんひつで　かいて　ください。

　　1　と　　　　　2　で　　　　　3　か　　　　　4　も

70 あしたの　パーティーに　いく（　　）どうか　わかりません。

　　1　の　　　　　2　は　　　　　3　が　　　　　4　か

71 パーティーには　30にん（　　）　くる　よていです。

　　1　ぐらい　　　2　など　　　　3　まで　　　　4　から

Ⅱ 問題 どの こたえが いちばん いいですか。 1・2・3・4か
ら いちばん いい ものを 1つ えらびなさい。

1 「たいふうですね。」「ええ、この たいふう（　　）　でんしゃが　とまりましたよ。」
　　1　が　　　　　　2　を　　　　　　3　で　　　　　　4　に

2 「この みかんは ぜんぶ（　　）いくらですか。」「３００えんです。」
　　1　を　　　　　　2　で　　　　　　3　に　　　　　　4　は

3 「ちゅうごくごが わかりますか。」「いいえ、わかりません。 にほんご（　　）

　　はなして ください。」

　　1　で　　　　　　2　が　　　　　　3　は　　　　　　4　に

4 「かばんの なかに なにが ありますか。」「きょうかしょ（　　）　ふでばこなどが

　　あります。」

　　1　と　　　　　　2　や　　　　　　3　も　　　　　　4　で

5 「だいがく（　　）　なにを　べんきょうしますか。」「れきしを　べんきょうします。」
　　1　が　　　　　　2　は　　　　　　3　に　　　　　　4　で

6 「まどが あいて いませんね。」「ええ、かぜ（　　）　まどが　しまりました。」
　　1　が　　　　　　2　を　　　　　　3　で　　　　　　4　は

7 「どこへ いきますか。」「スーパーへ かいもの（　）　いきます。」
　　1　で　　　　　　2　へ　　　　　　3　が　　　　　　4　に

8 「きょうは さむいですね。」「ええ、そうです（　　）。」
　　1　よ　　　　　　2　ね　　　　　　3　は　　　　　　4　だ

9 「ビールを のみますか。」「にほんしゅ（　　）　のみますが ビールは

　　のみません。」

　　1　が　　　　　　2　も　　　　　　3　に　　　　　　4　は

10 「いつ にほんへ いきますか。」「8がつ（　　）　いきます。」

1　から　　　　2　で　　　　　　3　しか　　　　　4　よって

11　「くらいですね。」「へやの　でんき（　　）　つけましょう。」

1　は　　2　が　　3　に　　4　を

12　「きょうしつに　だれが　いますか。」「だれ（　　）　いません。」

1　が　　2　は　　3　も　　4　で

13　「きょうも　びょういんへ　いきますか。」「はい、　いっかげつ（　　）　いっかい

いきます。」

1　は　　2　も　　3　で　　4　に

14　「けさは　なにを　たべましたか。」「なに（　　）　たべませんでした。」

1　は　　2　が　　3　も　　4　を

15　「おてがみですか。」「ええ、ははが　てがみ（　　）　くれました。」

1　は　　2　を　　3　に　　4　から

16　「おてがみですか。」「ええ、はは（　　）てがみが　きました。」

1　は　　2　を　　3　に　　4　から

17　「この　ジュース　おいしいですよ。」「そうですか。　この　おちゃ（　　）おいしい

ですよ。」

1　は　　2　も　　3　を　　4　が

18　「なんじに　かえりますか。」「5じ（　　）　かえります。」

1　まで　　2　ごろ　　3　ほど　　4　へ

19　「だれが　でんわを　かけましたか。」「ともだち（　　）　かけました。」

1　に　　2　は　　3　が　　4　を

20　「やまださんが　けっこんしますよ。」「ええ？　だれ（　　）けっこん　しますか。」

1　に　　2　を　　3　と　　4　は

Ⅲ　問題　どの　こたえが　いちばん　いいですか。１・２・３・４から
　　いちばん　いい　ものを　えらびなさい。

1　A「きのう、どこへ　いきましたか。」

　　B「（　　　　　　　）いきました。」

　　1　がっこうを　　　　　　　　　　2　がっこうへ
　　3　がっこうは　　　　　　　　　　4　がっこうが

2　A「あたらしい　しごとは、おもしろいですか。」

　　B「そうです（　　　）。　とても　おもしろいです。」

　　1　か　　　　　　2　よ　　　　　　3　ね　　　　　　4　が

3　A「このケーキ、おいしいですね。」

　　B「そうです（　　）。ありがとう　ございます。ははが　つくりました。」

　　1　か　　　　　　2　ね　　　　　　3よ　　　　　　4　わ

4　A「この　ワンピース、どうですか。」

　　B「いろは　きれいですね。でも（　　　　　）きれいじゃ　ありませんね。」

　　1　かたちに　　　2　かたちも　　　3　かたちを　　　4　かたちは

5　A「田中さん、こんにちは。（　　　　　　）。」

　　B「はい、げんきです。」

　　1　おきれいですか　　　　　　　　2　おげんきですか
　　3　いいですか　　　　　　　　　　4　よいですか

二、接尾詞

1 中（じゅう）／（ちゅう）

日語中有自己不能單獨使用，只能跟別的詞接在一起的詞，接在詞前的叫接頭語，接在詞尾的叫接尾語。「中（じゅう）／（ちゅう）」是接尾詞。唸「じゅう」時表示整個時間上的期間一直怎樣，或整個空間上的範圍之內。唸「ちゅう」時表示正在做什麼，或那個期間裡之意。

比較：

「中（じゅう）」→
（1）那段期間一直做某事。（2）那個空間範圍之內。

「中（ちゅう）」→
（1）正在做某事。（2）那段期間裡。

1 一日中 働いた。
工作了一整天。

2 午前中から 耳が 痛い。
從整個上午開始耳朵就很痛。

3 仕事は 今月中に 終わります。
工作將在這個月內結束。

4 あの 山には 一年中 雪が あります。
那座山終年有雪。

重點說明

主語　　　　時間　　　　敘述……期間跟空間
　↓　　　　　↓　　　　　　↓
あの 山には 一年中 雪が あります。
那座山終年有雪。

幾年前學會了滑雪，所以只要看到積雪的山，就興奮得不得了。

看到「一年」後面的「中」，知道那座山一整年都有積雪。真是太棒了！

2 中 （ちゅう）

「中」接在名詞後面，表示此時此刻正在做某件事情。可譯作「…中」、「正在…」。

1 林_{りん}さんは　電話中_{でんわちゅう}です。
　林先生現在在電話中。

2 楊_{ヤン}さんは　日本語_{にほんご}の　勉強中_{べんきょうちゅう}です。
　楊同學正在唸日語。

3 中村_{なかむら}さんは　仕事中_{しごとちゅう}です。
　中村先生現在在工作。

4 沼田_{ぬまた}さんは　ギターの　練習中_{れんしゅうちゅう}です。
　沼田先生現在正在練習彈吉他。

重點說明

主語　　　　　　　　　　某狀態　正在…某事進行中
　↓　　　　　　　　　　　↓　　　↓
沼田_{ぬまた}さんは　ギターの　練習中_{れんしゅうちゅう}です。
沼田先生現在正在練習彈吉他。

沼田想在女生面前耍酷，拼了命也想把吉他練好。

名詞「練習」加上接尾詞「中」，意思是「正在練習」。沼田先生，加油噢！

3 たち／がた

接尾詞「たち」接在「私(わたし)」、「あなた」等人稱代名詞的後面，表示人的複數。可譯作「…們」。接尾詞「がた」也是表示人的複數的敬稱，說法更有禮貌。可譯作「…們」。

1 子供(こども)たちが 歌(うた)って います。
小朋友們正在唱歌。

2 あの 方(かた)は どなたですか。
那位是哪位呢？

3 田中先生(たなかせんせい)は 静(しず)かな 方(かた)ですね。
田中老師真是個安靜的人。

4 素敵(すてき)な 方々(かたがた)に 出会(であ)いました。
遇見了很棒的人們。

重點說明

人稱代名詞　　　　　行為等……人的複數
　↓　　　　　　　　　　↓
子供(こども)たちが　歌(うた)って　います。
小朋友們正在唱歌。

走在部落的山間，遠遠傳來悅耳的歌聲。哇！真好聽。

誰在唱歌啊？原來是部落的小朋友們，這裡用「たち」（們）表示人的複數。

4 ごろ

接尾詞「ごろ」表示大概的時間。一般只接在年月日，和鐘點的詞後面。可譯作「左右」。

1 8時ごろ　出ます。
　　八點左右出去。

2 6日ごろに　電話しました。
　　大約6號左右打了電話。

3 1 1月ごろから　寒く　なります。
　　從11月左右開始天氣變冷。

4 2005年ごろから　北京に　いました。
　　我從2005年就待在北京。

| 重點說明 | 時間（年月日、時間）　　　　　　　　行為等……大概的時間 |

　　　　　↓　　　　　　　　　　　　　↓
2005年ごろから　北京に　いました。
我從2005年左右就待在北京。

2005年

為了擴展業務，被公司派到北京分公司，在北京這個動作在什麼時候？

「2005年」後接「ごろ」，表示時間是2005年左右。

5 すぎ／まえ

接尾詞「すぎ」，接在表示時間名詞後面，表示比那時間稍後。可譯作「過…」、「…多」。接尾詞「まえ」，接在表示時間名詞後面，表示比那時間稍前。可譯作「差…」、「…前」。

1 今 9時 15分 過ぎです。
   現在是9點過15分。

2 今 8時 15分 前です。
   現在還有15分鐘就8點了。

3 一年前に 子どもが 生まれました。
   小孩誕生於一年前。

4 10時 過ぎに バスが 来ました。
   10點多時公車來了。

重點說明

時間名詞　　　　　　　　　　行為……比前接時間詞的時間稍前
↓　　　　　　　　　　　　　　↓
一年前に 子どもが 生まれました。
小孩誕生於一年前。

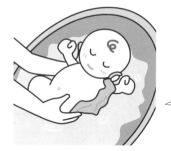

心儀的小愛，已經是一個小孩的媽了！小孩什麼時候生的呢？

「一年」後接「前」，表示小孩出生時間是在「一年前」了。唉！那時候我要是提起勇氣跟她告白就好了。

6 かた

前面接動詞連用形，表示方法、手段、程度跟情況。「…法」、「…樣子」的意思。

1 鉛筆の　持ち方が　悪いです。
天婦羅不好作。

2 この　漢字の　読み方が　わかりますか。
你知道這個漢字的讀法嗎？

3 安全な　使い方を　しなければなりません。
使用時必須注意安全。

4 小説は、終わりの　書きかたが　難しい。
小說結尾的寫法最難。

5 この　村への　行きかたを　教えて　ください。
請告訴我怎麼去這個村落。

重點
說明

　　　　　　動詞連用形　方法…………方法
　　　　　　　　　　↓　　　↓
てんぷらの　作り方は　難しいです。
天婦羅不好作。

花子學做菜，學了一段時間了。但是就是炸不好天婦羅！

將「かた」接在「作る」的連用形後面，成為「作り方」表示做的方法。

I　問題　（　　）の　ところに　なにを　いれますか。1・2・3・4か
　　ら　いちばん　いい　ものを　1つ　えらびなさい。

1　きのうは　1にち（　　）　あめが　ふりました。

　　　1　まで　　　　　　2　じゅう　　　　　3　くらい　　　4　まで

2　みなみの　くには　1ねん（　　）　あついです。

　　　1　より　　　　　　2　ほど　　　　　　3　じゅう　　　4　くらい

3　さいきん　3じ（　　）に　いつも　おおあめが　ふります。

　　　1　ごろ　　　　　　2　まで　　　　　　3　より　　　　4　に

4　まいにち　2じかん（　　）　べんきょうします。

　　　1　ごろ　　　　　　2　に　　　　　　　3　くらい　　　4　へ

5　「コーヒーは　すきですか。」「いいえ、（　　）…。」

　　　1　とても　　　　　2　ひじょうに　　　3　あまり　　　4　いちばん

6　やまださん（　　）は　みんな　こうこうせいです。

　　　1　じゅう　　　　　2　くらい　　　　　3　ほど　　　　4　たち

7　さとうさん（　　）も　パーティーに　きました。

　　　1　から　　　　　　2　たち　　　　　　3　ほど　　　　4　くらい

8　たいようがいしゃの　（　　）は　かいぎしつに　います。

　　　1　から　　　　　　2　かた　　　　　　3　がた　　　　4　かだ

9　いつも　なんじ（　　）　ばんごはんを　たべますか。

　　　1　ぐらい　　　　　2　ごろ　　　　　　3　へ　　　　　4　で

10　えいがは　3じかん（　　）　でした。

　　　1　ごろ　　　　　　2　くらい　　　　　3　へ　　　　　4　で

11 この えいがは （　　） おもしろく ありませんでした。

1 なぜ　　　　　2 あまり　　　　　3 きっと　　　4 みんな

II　問題　どの　こたえが　いちばん　いいですか。　1・2・3・4
　　から　いちばん　いい　ものを　1つ　えらびなさい。

1 「えいがは　どうでしたか。」「うーん（　　）おもしろく　ありませんでし
　　た。」

1 なぜ　　　　　2 あまり　　　　　3 きっと　　　4 たぶん

2 「なんじに　かえりますか。」「5じ（　　）　かえります。」

1 ほど　　　　　2 くらい　　　　3 ごろ　　　　4 あまり

3 「えいがは　なんじに　はじまりますか。」「5じ（　）　ですよ。」

1 まで　　　　　2 から　　　　3 あまり　　　4 へ

4 「よく　あめが　ふりますね。」「そうですね。　なつは　1にち（　　）あめが
　　ふります。」

1 まで　　　　2 に　　　　　3 で　　　　　4 じゅう

Ⅲ 問題 どの こたえが いちばん いいですか。1・2・3・4
から いちばん いい ものを えらびなさい。

1 A「えきから がっこうまで どれくらい かかりますか。」

B「（　　　　　　　　）です。」．

1　10ぷんまで　　　　　　　2　10ぷんから
3　10ぷんくらい　　　　　　4　10ぷんに

2 A「きのう、なにを しましたか。」

B「（　　　　　　　）ねて いました。かぜでしたから。」

1　1にちまで　　　　　　　2　1にちじゅう
3　1にちだけ　　　　　　　4　1にちを

3 A「たなかさんは、もう かえりましたか。」

B「ええ、（　　　　　）。」

1　もう かえりました　　　2　まだ かえりました
3　もう かえりません　　　4　まだ かえります

4 A「タイりょうりは、すきですか。」

B「いいえ、（　　　　）…。」

1　すごく　　　　　　　　2　まだ
3　とても　　　　　　　　4　あまり

5 A「たなかさんは、まだ きませんか。」

B「いいえ、（　　　　　　　　）。ほら、あそこに。」

1　もう きませんか　　　　2　まだ きましたよ
3　もう きましたよ　　　　4　まだ きますか

三、疑問詞

何（なに）／（なん）

「何（なに）／（なん）」代替名稱或情況不瞭解的事物。也用在詢問數字時。可譯作「什麼」。「何が」、「何を」及「何も」唸「なに」；「何だ」、「何の」及詢問數字時唸「なん」；至於「何で」、「何に」、「何と」及「何か」唸「なに」或「なん」都可以。

1 いま　何時ですか。
現在幾點呢？

2 あしたは　何曜日ですか。
明天是星期幾呢？

3 あした　何を　しますか。
明天要做什麼呢？

4 それは　何の　本ですか。
那是什麼書呢？

重點説明

疑問詞　……代替名稱或情況不瞭解的事物
↓
いま　何時ですか。
現在幾點呢？

糟了！等一下跟人有約呢！現在幾點了？

用「何」表示不知道現在幾點。

2 だれ／どなた

「だれ」不定稱是詢問人的詞。它相對於第一人稱，第二人稱和第三人稱。可譯作「誰」。「どなた」和「だれ」一樣是不定稱，但是比「だれ」說法還要客氣。可譯作「哪位…」。

1 あの　人は　だれですか。
　　那個人是誰？

2 だれが　買い物に　行きますか。
　　誰要去買東西呢？

3 これは　どなたの　カメラですか。
　　這是哪位的相機呢？

4 あなたは　どなたですか。
　　您是哪位呢？

重點說明

疑問詞……詢問人
↓

あの　人は　だれですか。
那個人是誰？

走過去的那個帥哥是誰啊？剛剛怎麼跟妳招手呢？沒有啦！那是班上的同學啦！

要詢問人就用「だれ」（誰），有禮貌的說法是「どなた」（哪位）。

だれ →

3 いつ

表示不肯定的時間或疑問。可譯作「何時」、「幾時」。

1 いつ 国(くに)へ 帰(かえ)りますか。
何時回國呢？

2 いつ 家(いえ)に 着(つ)きますか。
什麼時候到家呢？

3 いつ 仕事(しごと)が 終(お)わりますか。
工作什麼時候結束呢？

4 いつ 鈴木(すずき)さんに 会(あ)いましたか。
什麼時候遇到鈴木先生的？

重點說明

疑問詞 　　　　　行為等……不肯定的時間或疑問
↓ 　　　　　　　↓
いつ 仕事(しごと)が 終(お)わりますか。
工作什麼時候結束呢？

哇！自從上次企畫案得獎以後，為了把企畫案具體完成，市調啦！找廠商啦！廣告啦…工作一堆。

句中的「いつ」（什麼時候）表示不確定的時間，這句話要問的是，什麼時候企畫案具體完成呢？

4 いくつ（個數）／いくつ（年齡）

表示不確定的個數，只用在問小東西的時候。可譯作「幾個」、「多少」。也可以詢問年齡。可譯作「幾歲」。

1 いくつ　ほしいですか。
你想要幾個呢？

2 りんごは　いくつ　ありますか。
有幾個蘋果？

3 おいくつですか。
請問您幾歲？

4 あの　方は　おいくつですか。
請問那一位幾歲了？

重點說明

主語　　　　　疑問詞……不確定小東西或年齡
↓　　　　　　　↓

りんごは　いくつ　ありますか。
有幾個蘋果？

猜猜看那幾棵樹共有幾個蘋果？猜對了免費送青森蘋果一籃喔！

要問有幾個，而且是小東西的時候就用「いくつ」（多少）。

5 いくら

表示不明確的數量、程度、價格、工資、時間、距離等。可譯作「多少」。

1 この 本（ほん）は いくらですか。
這本書多少錢？

2 東京駅（とうきょうえき）まで いくらですか。
到東京車站要多少錢？

3 長（なが）さは いくら ありますか。
長度有多長呢？

4 時間（じかん）は いくら かかりますか。
要花多久時間呢？

重點
說明

疑問詞……不明確的數量等
↓

この 本（ほん）は いくらですか。
這本書多少錢？

留學期間，盡量過著節儉的生活。所以買書有時候都是上二手書店買的。

這本書多少錢呢？就用「いくら」（多少錢）問囉！

6 どう／いかが

「どう」詢問對方的想法及對方的健康狀況，還有不知道情況是如何或該怎麼做等。可譯作「如何」、「怎麼樣」。「いかが」跟「どう」一樣，只是說法更有禮貌。可譯作「如何」、「怎麼樣」。兩者也用在勸誘時。

1 日本語は　どうですか。
日文怎麼樣呢？

2 テストは　どうでしたか。
考試考得怎樣？

3 コーヒーを　いっぱい　いかがですか。
來杯咖啡如何？

4 お茶でも　いかがですか。
要不要來杯茶？

> **比較：**
>
> 「どう」→…怎樣。用在平輩、晚輩。
>
> 「いかが」→…如何。較禮貌，用在長輩、上司。

重點說明

主語　　　　　　　疑問詞……詢問想法、健康、勸誘等
　↓　　　　　　　　　　↓
お茶でも　いかがですか。
要不要來杯茶？

在貴婦人聚會上，大家吃過了和式牛排，店員貼心地問大家「要不要來杯茶？」。

這裡的「いかが」（如何），是店員有禮貌的詢問顧客，來杯茶您覺得「如何」呢？

7 どんな

「どんな」後接名詞，用在詢問事物的種類、內容。可譯作「什麼樣的」。

---

1 どんな　本を　読みますか。
你看什麼樣的書？

2 どんな　色が　好きですか。
你喜歡什麼顏色？

3 国語の　先生は　どんな　先生ですか。
國文老師是怎麼樣的老師？

4 どんな　車が　ほしいですか。
你想要什麼樣的車子？

重點說明

疑問詞　　名詞　　行為等……問事物、內容的種類等
　↓　　　　↓　　　　　↓

どんな　車が　ほしいですか。
你想要什麼樣的車子？

這麼多車款，你想要什麼樣的車子？

「どんな」後接「車」表示「什麼樣的車子？」想要的對象要用「が」喔！

8 どのぐらい／どれぐらい

表示「多久」之意。但是也可以視句子的內容，翻譯成「多少、多少錢、多長、多遠」等。

1 どれぐらい　勉強しましたか。
你唸了多久的書？

2 飛行機で　どれぐらい　かかりますか。
搭飛機要花多少錢呢？

3 春休みは　どのぐらい　ありますか。
春假有多長呢？

4 ここから　駅まで　どのくらいですか。
從這裡到車站有多遠呢？

重點說明

主語 → 　　疑問詞 →　　説明等……多久等 →

春休みは　どのぐらい　ありますか。
春假有多長呢？

哇！春天一到一定要賞花去。這一次的春假有多長啊？

「どのぐらい」在這裡是「多（長）」之意。

9 なぜ／どうして

「なぜ」跟「どうして」一樣，都是詢問理由的疑問詞。口語常用「なんで」。可譯作「為什麼」。

1 どうして おなかが 痛いですか。
　肚子為什麼痛呢？

2 どうして 元気が ありませんか。
　為什麼沒有精神呢？

3 なぜ 食べませんか。
　為什麼不吃呢？

4 なぜ タクシーで 行きますか。
　為什麼要坐計程車去呢？

> **比較：**
>
> 「どうして」→為什麼…。詢問事情演變的由來。
>
> 「なぜ」→什麼原因…。比「どうして」說法更理性。
>
> 「なんで」→怎麼會…。口語說法，最能表達個人的情緒。

重點說明

疑問詞 　　　行為……詢問理由
　↓　　　　　　↓

なぜ 食べませんか。
為什麼不吃呢？

咦！這不是妳最愛吃的點心嗎？今天怎麼不吃了？

問理由就用「なぜ」（為什麼），也可以用「どうして」（為什麼）。原來是在減肥啦！

10 なにか／だれか／どこかへ

具有不確定，沒辦法具體說清楚之意的「か」，接在疑問詞「なに」的後面，表示不確定。可譯作「某些」、「什麼」；接在「だれ」的後面表示不確定是誰。可譯作「某人」；接在「どこ」的後面表示不肯定的某處，再接表示方向的「へ」。可譯作「去某地方」。

1 暑いから、何か 飲みましょう。
好熱喔，去喝點什麼吧。

2 誰か 窓を しめて ください。
誰來把窗戶關一下吧。

3 日曜日は どこかへ 行きましたか。
星期日有去哪裡嗎？

4 どこかで 食事しましょう。
找個地方吃飯吧。

重點説明

疑問詞か　　　　　行為等……不確定
　↓　　　　　　　　↓
どこかで　食事しましょう。
找個地方吃飯吧。

今天到遊樂園玩得好高興喔！肚子餓了吧？男友貼心地問。

「找個地方吃飯吧。」「どこか」表示還沒有確定要在什麼地方吃飯，就是找個地方吧！

なにも／だれも／どこへも

「も」上接「なに、だれ、どこへ」等疑問詞，下接否定語，表示全面的否定。可譯作「也（不）…」、「都（不）…」。

---

1 今日は　何も　食べませんでした。
今天什麼也沒吃。

2 昨日は　誰も　来ませんでした。
昨天沒有任何人來。

3 日曜日、どこへも　行きませんでした。
星期日哪兒都沒去。

4 何も　したく　ありません。
什麼也不想做。

重點説明

疑問詞も　　行為（否定）……全面否定
　　↓　　　　　　↓
今日は　何も　食べませんでした。
今天什麼也沒吃。

今天怎麼一臉蒼白，又無精打采的。

「も」前接疑問詞「何」後接否定，知道什麼也沒吃啦！妳又在減肥了，這種減肥方法不行啦！

Ⅰ　問題　（　　）の　ところに　なにを　いれますた　　・2・3・
　　4から　いちばん　いい　ものを　1つ　えらびなさい。

1　デパートで　（　　）を　かいましたか。

　　1　どこ　　　　　2　どれ　　　　　　3　なに　　　　　4　なんで

2　ぎんこうは　（　　）から　ですか。

　　1　どれ　　　　　2　なんじ　　　　　3　なぜ　　　　　4　どうして

3　この　レポートは　（　　）が　かきましたか。

　　1　どれ　　　　　2　なに　　　　　　3　だれ　　　　　4　どんな

4　この　かさは　（　　）の　ですか。

　　1　どれ　　　　　2　なに　　　　　　3　どなた　　　　4　どんな

5　リンさんは　（　　）まで　にほんに　いますか。

　　1　どれ　　　　　2　なに　　　　　　3　いつ　　　　　4　どなた

6　レポートは　（　　）できますか。　もう　5がつですよ。

　　1　いつ　　　　　2　なに　　　　　　3　なんで　　　　4　どれ

7　「たまごは　（　　）いりますか。」「5こ　いります。」

　　1　いくつ　　　　2　どれ　　　　　　3　どんな　　　　4　どうして

8　NTCは　（　　）の　かいしゃですか。

　　1　どの　　　　　2　なん　　　　　　3　なんじ　　　　4　なんで

9　「こうさんは　（　　）ごが　じょうずですか。」「そうですね、えいごが　じょうずで
　　す。フランスごも　じょうずです。」

　　1　どの　　　　　2　なに　　　　　　3　いつ　　　　　4　どれ

10　「ケーキを　（　　）　かいますか。」「6こ　かいます。」

　　1　どんな　　　　2　どれ　　　　　　3　いくつ　　　　4　いつ

11 この ほんは （　）の ですか。

1　どれ　　2　なに　3　だれ　　4　どんな

12 この りんごは 一つ （　）ですか。

1　いくつ　　2　いくら　　3　いつ　　4　いま

13 「この ラーメンは （　）ですか。」「とても おいしいですよ。」

1　いくら　　2　どう　　3　いつ　　4　どんな

14 「あたらしい しごとは （　）ですか。」「いそがしいですが、 たのしいです。」

1　いかが　　2　いくら　　3　いつ　　4　いつから

15 この かいしゃの しゃちょうは （　）ですか。

1　どれ　　2　なに　　3　どなた　　4　どんな

16 むすめさんは （　）ですか。

1　いくら　　2　いくつ　　3　いつ　　4　いま

17 「おちゃは （　）ですか。」「ありがとう ございます。」

1　いくら　　2　いかが　　3　いつ　　4　どんな

18 「（　）にほんごを べんきょうしますか。」「にほんの うたがすきですから。」

1　なぜ　　2　いつ　　3　いつから　4　どの

19 「きのう （　）かいしゃを やすみましたか。」「ねつが ありましたから。」

1　どの　　2　どうして　3　いつ　　4　どんな

20 「（　）あるいて きましたか。」「じてんしゃを いもうとに かしましたから。」

1　どの　　2　どうして　3　いつ　　4　どんな

21 すみません、 （ ） のみものを ください。

1 なに 　　2 ある 　　　　　3 なにか 　　4 あんな

22 らいしゅう アメリカへ いきます。 （ ） ほしいものが ありますか。

1 いつ 　　2 なに 　　　　　3 なにか 　　4 いつか

23 （ ） ペンを もって いませんか。

1 いつか 　　2 だれか 　　　3 なにか 　　4 どれか

24 この ほんと あの ほんを かいます。 ぜんぶで （ ）ですか。

1 いつ 　　2 いくら 　　　3 いま 　　4 いくつか

25 「すみません、とうきょうえきへ いく バスは （ ）ですか。」「あの あかい
バスですよ。」

1 いつ 　　2 どれ 　　　　3 どうして 　　4 いくら

26 「にほんりょうりと たいわんりょうりと （ ）が すきですか。」「たいわんりょう
りが すきです。」

1 どちら 　　2 いつ 　　　3 なに 　　4 どんな

27 いもうとは ともだちと（ ）へ いきましたよ。

1 いつか 　　2 だれか 　　　3 どこか 　　4 どれか

28 （ ） すきなものが ありますか。 プレゼントしますよ。

1 いつか 　　2 だれか 　　　3 どれか 　　4 どこか

29 こんやは （ ） たべないで ください。 あした けんさが ありますから。

1 いつも 　　2 なにも 　　　3 なんでも 　　　　4 だれも

30 きょうしつには （ ）いません。 みんな かえりました。

1 いつも 　　2 だれも 　　　3 なにも 　　4 どれも

31 にちようびは （　　） いきませんでした。　つかれて　いましたから。

　　1　だれも　　　　　2　いつも　　　　　3　どこへも　　　4　なにも

32 （　　） その　もんだいの　こたえが　わかりませんでした。

　　1　だれも　　　　　　　　　　　　　2　どこへも

　　3　なにも　　　　　　　　　　　　　4　どれも

33 きのうは　（　　） うちへ　きませんでした。

　　1　どこも　　　　　　　　　　　　　2　だれも

　　3　どれも　　　　　　　　　　　　　4　いつも

34 レポートは　（　　） もんだいが　ありません。

　　1　だれも　　　　　　　　　　　　　2　いつも

　　3　なにも　　　　　　　　　　　　　4　なんでも

II 問題 どの こたえが いちばん いいですか。 1・2・3・4
から いちばん いい ものを 1つ えらびなさい。

1 「（　　　）がっこうを やすみましたか。」「ねつが ありましたから。」

1　いつ 　　　　　　　　　2　どこで
3　だれが 　　　　　　　　　4　どうして

2 「きょうしつに （　　　） いますか。」「さとうさんと やまださんが

います。」

1　いつが 　　　　　　　　　2　だれは
3　いつが 　　　　　　　　　4　だれが

3 「（　　　）こうえんまで きましたか。」「バスで きました。

ちかかったです。」

1　どうして 　　　　　　　　　2　なんで
3　なぜ 　　　　　　　　　4　だれか

4 「（　　　） ほんを かえしますか。」「あさって かえします。」

1　だれが 　　　　　　　　　2　いつ
3　なぜ 　　　　　　　　　4　どうして

Ⅲ　問題　どの　こたえが　いちばん　いいですか。1・2・3・4か
　　ら　いちばん　いい　ものを　えらびなさい。

1　A「デパートで、なにを　かいましたか。」

　　　B「（　　　　　　　　　）。」

　　　1　もう　10じです　　　　　　　2　かばんうりばです

　　　3　スカートと　くつです　　　　　4　エレベーターの　まえです

2　A「えいがは、どう　でしたか。」

　　　B「（　　　　　　　　　）。」

　　　1　ハリーポッターの　えいがです　2　10じからは　じまります

　　　3　あまり　おもしろく　なかったです　4　とても　あたまが　いいです

3　A「にほんの　てんきは、どうですか。」

　　　B「いま、（　　　　　　　　　）。」

　　　1　おいしいです　　　　　　　　2　おげんきです

　　　3　むずかしいです　　　　　　　4　あたたかいです

4　A「ABCは、なんの　かいしゃですか。」

　　　B「（　　　　　　　）。」

　　　1　アメリカに　あります　　　　2　エレベーターの　かいしゃです

　　　3　コンピューターが　あります　4　とても　おおきいです

5　A「おちゃは　いかがですか。」

　　　B「ありがとう　ございます。じゃ、（　　　　　）。」

　　　1　さようなら　　　　　　　　　2　こんにちは

　　　3　いただきます　　　　　　　　4　ごちそうさま

四、指示詞

指示代名詞「こそあど系列」

	事物	事物	場所	方向	程度	方法	範圍
こ	これ 這個	この 這個	ここ 這裡	こちら 這邊	こんな 這樣	こう 這麼	說話者一方
そ	それ 那個	その 那個	そこ 那裡	そちら 那邊	そんな 那樣	そう 這麼	聽話者一方
あ	あれ 那個	あの 那個	あそこ 那裡	あちら 那邊	あんな 那樣	ああ 那麼	說話者、聽話者以外的
ど	どれ 哪個	どの 哪個	どこ 哪裡	どちら 哪邊	どんな 哪樣	どう 怎麼	是哪個不確定的

　　指示代名詞就是指示位置在哪裡囉！有了指示詞，我們就知道說話現場的事物，和說話內容中的事物在什麼位置了。日語的指示詞有下面四個系列：

こ系列—指示離說話者近的事物。

そ系列—指示離聽話者近的事物。

あ系列—指示說話者、聽話者範圍以外的事物。

ど系列—指示範圍不確定的事物。

　　指說話現場的事物時，如果這一事物離說話者近的就用「こ系列」，離聽話者近的用「そ系列」，在兩者範圍外的用「あ系列」。指示範圍不確定的用「ど系列」。

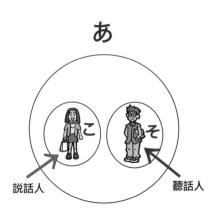

1 これ／それ／あれ／どれ

這一組是事物指示代名詞。「これ」（這個）指離說話者近的事物。「それ」（那個）指離聽話者近的事物。「あれ」（那個）指說話者、聽話者範圍以外的事物。「どれ」（哪個）表示事物的不確定和疑問。

1 これは 何^{なん}ですか。
這是什麼？

2 それは 山田^{やまだ}さんの パソコンです。
那是山田先生的電腦。

3 どれが あなたの 本^{ほん}ですか。
哪一本是你的書呢？

重點説明

指示代名詞　　事物等……事物
　　↓　　　　　　　↓
これは　何^{なん}ですか。
這是什麼？

這是說話者。

這是聽話者。

這裡是左邊的說話人在指事物，所以用「これ」（這個）。

2 この／その／あの／どの

這一組是指示連體詞。連體詞跟事物指示代名詞的不同在，後面必須接名詞。「この」（這…）指離說話者近的事物。「その」（那…）指離聽話者近的事物。「あの」（那…）指說話者及聽話者範圍以外的事物。「どの」（哪…）表示事物的疑問和不確定。

1 この　家<ruby>家<rt>いえ</rt></ruby>は　とても　きれいです。
這個家非常漂亮。

2 その　男<ruby>男<rt>おとこ</rt></ruby>は　外国<ruby>外国<rt>がいこく</rt></ruby>で　生<ruby>生<rt>う</rt></ruby>まれました。
那個男生在國外出生。

3 あの　建物<ruby>建物<rt>たてもの</rt></ruby>は　大使館<ruby>大使館<rt>たいしかん</rt></ruby>です。
那棟建築物是大使館。

4 どの　人<ruby>人<rt>ひと</rt></ruby>が　田中<ruby>田中<rt>たなか</rt></ruby>さんですか。
哪一個人是田中先生呢？

比較：
「これ／それ／あれ／どれ」→（這／那／那／哪）個。後不接名詞。
「この／その／あの／どの」→（這／那／那／哪）個。後接名詞。

重點說明

指示連體詞　　　名詞　　　　　　　　　說明……事物
　↓　　　　　　　↓　　　　　　　　　　　↓
この　　　家<ruby>家<rt>いえ</rt></ruby>は　とても　きれいです。
這個家非常漂亮。

指示連體詞後面必須接名詞，所以指示連體詞「この」（這），後面一定要接名詞「家」（家）。

「家」位置靠近說話人，所以說話人說明時用「この」。

3 ここ／そこ／あそこ／どこ

這一組是場所指示代名詞。「ここ」（這裡）指離說話者近的場所。「そこ」（那裡）指離聽話者近的場所。「あそこ」（那裡）指離說話者和聽話者都遠的場所。「どこ」（哪裡）表示場所的疑問和不確定。

1 ここは　銀行(ぎんこう)ですか。
這裡是銀行嗎？

2 そこで　花(はな)を　買(か)います。
在那邊買花。

3 あそこに　座(すわ)りましょう。
我們去那邊坐吧。

4 花子(はなこ)さんは　どこですか。
花子小姐在哪裡呢？

重點
說明

場所指示代名詞　　　　　　行為……場所
↓　　　　　　　　　　↓
そこで　花(はな)を　買(か)います。
在那邊買花。

對了！你上次的花，在哪裡買的啊？

在那裡啊！由於花店在說話者跟聽話者都遠的場所，所以用「あそこ」（那裡）。

4 # こちら／そちら／あちら／どちら

這一組是方向指示代名詞。「こちら」（這邊）指離說話者近的方向。「そちら」（那邊）指離聽話者近的方向。「あちら」（那邊）指離說話者和聽話者都遠的方向。「どちら」（哪邊）表示方向的不確定和疑問。這一組也可以用來指人，「こちら」就是「這位」，下面以此類推。也可以說成「こっち、そっち、あっち、どっち」，只是前面一組說法比較有禮貌。

1 こちらは　山田先生です。
　這一位是山田老師。

2 そちらは　2000円です。
　那邊是2000日圓。

3 お手洗いは　あちらです。
　洗手間在那邊。

4 あなたの　お国は　どちらですか。
　您的國家是哪裡？

比較：

「ここ／そこ／あそこ／どこ」→指示場所在哪裡。對平輩、晚輩使用。

「こちら／そちら／あちら／どちら」→除了可以指示場所之外，也可用來指人。對長輩、上司使用。

重點說明

方向指示代名詞　　　　　說明……方向跟人
↓　　　　　　　　　　↓

お手洗いは　あちらです。
洗手間在那邊。

小姐！請問廁所在哪裡？在那邊！

由於廁所離聽話者跟說話者都遠的地方，所以用指示方向的「あちら」（在那邊）。

Ｉ　問題（　　）の　ところに　なにを　いれますか。１・２・３・４
　　から　いちばん　いい　ものを　１つ　えらびなさい。

1　「ちんさんの　つくえは　（　　）ですか。」「いちばん　みぎの　つくえです。」
　　　１　どの　　　　　　　２　どれ　　　　　３　だれ　　　　　　４　だれの

2　「がいこくごの　ほんは　（　　）に　ありますか。」「２かいに　あります。」
　　　１　どれ　　　　　　　２　どの　　　　　３　だれ　　　　　　４　どこ

3　「すみません、　おてあらいは　どちらですか。」「（　　）です。」
　　　１　どちら　　　　　　２　どこ　　　　　３　こちら　　　　　４　この

4　「（　　）　おおきな　ビルは　なんですか。」「ああ、あれは　ぎんこうです。」
　　　１　この　　　　　　　２　あの　　　　　３　その　　　　　　４　どの

5　すみません、（　　）　セーターは　いくらですか。
　　　１　どの　　　　　　　２　この　　　　　３　だれの　　　　　４　いつの

6　「（　　）　ケーキが　おいしいですか。」「この　いちごの　ケーキがおいしいです
　　よ。」
　　　１　この　　　　　　　２　どの　　　　　３　どこ　　　　　　４　いつ

7　「あちらの　かたは　（　　）ですか。」「この　かいしゃの　かちょうです。」
　　　１　どちら　　　　　　２　どなた　　　　３　こちら　　　　　４　そちら

8　「かばん　うりばは　（　　）ですか。」「５かいです。」
　　　１　どちら　　　　　　２　どなた　　　　３　こちら　　　　　４　そちら

II　問題　どの　こたえが　いちばん　いいですか。　1・2・3・4
　　から　いちばん　いい　ものを　1つ　えらびなさい

1　「（　　　）　おおきな　たてものは　なんですか。」「あれは　ゆうびんきょくです。」

　　1　あの　　　　　　2　その　　　　　　3　この　　　　　　4　どの

2　「その　ほんは　だれの　ですか。」「ああ、これですか。　（　　　）はわたしのです。」

　　1　あれ　　　　　　2　それ　　　　　　3　これ　　　　　　4　どれ

3　「（　　　）じしょが　いいですか。」「そうですね、　この　おおきいのが　いいです
　　よ。」

　　1　この　　　　　　2　あの　　　　　　3　その　　　　　　4　どの

4　「エレベーターは　（　　　）　ですか。」「こちらです。」

　　1　どの　　　　　　2　どれ　　　　　　3　どんな　　　　　　4　どちら

III 問題 どの こたえが いちばん いいですか。1・2・3・4か
ら いちばん いい ものを えらびなさい。

1 A「たなかさんの せきは、どこですか。」

B「あ、（ 　　　　　）。」

1　そうです 　　　　　　　　2　あそこです

3　こんなです 　　　　　　　4　どこです

2 A「すみません、ゆうびんきょくは（ 　　　　　）。」

B「あの ビルの となりです。」

1　いつですか 　　　　　　　2　だれですか

3　どこですか 　　　　　　　4　どうですか

3 A「コーヒーと こうちゃ、（ 　　　　　　　）。」

B「コーヒーが いいです。」

1　どこが いいですか 　　　2　どちらが いいですか

3　いつが いいですか 　　　4　だれが いいですか

4 A「（ 　　　　　）いきますか。」

B「たなかさんと いきます。」

1　どこへ 　　　　　　　　　2　いつ

3　どうして 　　　　　　　　4　だれと

5 A「にほんごの べんきょうは（ 　　　　　）。」

B「むずかしいですが、おもしろいです。」

1　いつですか 　　　　　　　2　どこですか

3　なぜですか 　　　　　　　4　どうですか

五、形容詞

1 形容詞（基本形／否定）

形容詞是說明客觀事物的性質、狀態或主觀感情、感覺的詞。形容詞的詞尾是「い」，「い」的前面是詞幹。也因為這樣形容詞又叫「い形容詞」。形容詞主要是由名詞或具有名性質的詞加「い」或「しい」構成的。例如：「赤い」（紅的）、「楽しい」（快樂的）。形容詞的否定式是將詞尾「い」轉變成「く」，然後再加上「ない」或「ありません」。後面加上「です」是敬體，是有禮貌的表現。

1 ここは 緑が 多いです。
這裡綠意盎然。

2 この 料理は 辛いです。
這道菜很辣。

3 この テストは 難しく ないです。
這場考試不難。

4 新聞は つまらなく ありません。
報紙並不無聊。

重點說明

　　　　　　主語　　形容詞（現在肯定／否定）……客觀事物的感覺等
　　　　　　　↓　　　　↓
この 料理は 辛いです。
這道料理很辣。

インド料理

我最愛吃印度料理了，雖然很辣。

這句話用形容詞「辛い」（辣的），來客觀說明這道料理很辣。客氣的說法，後面接「です」。

	詞幹	詞尾	現在肯定	現在否定
青い	青	い	青い	青くない
青い	青	い	青いです	青くないです
				青くありません

❷ 形容詞 （過去形／過去否定形）

形容詞的過去肯定是將詞尾「い」改成「かっ」然後加上「た」。而過去否定是將現在否定式的如「青くない」中的「い」改成「かっ」然後加上「た」。形容詞的過去式，表示說明過去的客觀事物的性質、狀態，以及過去的感覺、感情。再接「です」是敬體，禮貌的說法。

1 今朝は　涼しかったです。
今天早上很涼爽。

2 テストは　やさしかったです。
考試很簡單。

3 この　映画は　面白く　なかった。
這部電影不好看。

4 昨日は　暑く　ありませんでした。
昨天並不熱。

重點說明

主語　　　　　　　　　形容詞（過去肯定／否定）……過去客觀事物的感覺等
↓　　　　　　　　　　　　↓

テストは　やさしかったです。
考試很簡單。

看到後面的形容詞變化，知道已經考完試了。

考試覺得怎麼樣呢？用形容詞的過去式「やさしかった」，表示很簡單囉！再接「です」是禮貌的說法！

3 〔形容詞くて〕

形容詞詞尾「い」改成「く」，再接上「て」，表示句子還沒說完到此暫時停頓和屬性的並列（連接形容詞或形容動詞時）的意思。還有輕微的原因。

---

1 この 本は 薄くて 軽いです。
這本書又薄又輕。

2 この ベッドは 古くて 小さいです。
這張床又舊又小。

3 教室は 明るくて ひろいです。
教室又明亮又寬敞。

4 私の アパートは 広くて 静かです。
我的公寓又寬敞又安靜。

重點說明

形容詞くて

形容詞 ↓ ────── 形容詞等……並列或停頓 ↓

教室は 明るくて きれいです。
教室又明亮又乾淨。

我們教室光線又好，每天都打掃的乾乾淨淨的。對了要把幾個形容詞連在一起，該怎麼說啊？

告訴你，又「明亮」又「乾淨」，要用「て」連接兩個形容詞，表示兩種屬性並列喔！

	詞幹	詞尾	現在肯定	現在否定	過去肯定	過去否定
青い	青	い	青い	青くない	青かった	青くなかった
青い	青	い	青いです	青くないです	青かったです	青くなかったです

4 〔形容詞く＋動詞〕

形容詞詞尾「い」改成「く」，可以修飾句子裡的動詞。

1 今日は　早く　寝ます。
今天我要早點睡。

2 りんごを　小さく　切ります。
將蘋果切成小丁。

3 元気　よく　挨拶します。
很有精神地打招呼。

4 今日は　風が　強く　吹いて　います。
今日颳著強風。

重點說明

```
            形容詞く
        ┌──────────┐
    形容詞        動詞……修飾後面的動詞
      ↓            ↓
```

今日は　風が　強く　吹いて　います。
今日颳著強風。

好強的風，都快站不穩了。

這裡的動詞「吹く」（颳），用形容詞「強く」（強烈）來修飾，表示「颳」這個動作，是在「強烈的」情況下進行的。「強く」是由「強い」變化而來的。

5 形容詞＋名詞

形容詞要修飾名詞，就是把名詞直接放在形容詞後面。要注意喔！因為日語形容詞本身就有「…的」之意，所以不要再加「の」了喔！

1 小さい　家を　買いました。
買了棟小房子。

2 安い　ホテルに　泊まりました。
投宿在便宜的飯店裡。

3 今日は　青い　ズボンを　穿きます。
今天穿藍色的長褲。

4 これは　いい　セーターですね。
這真是件好毛衣呢。

重點說明

```
          形容詞
     ┌──────────┐
   形容詞        名詞……修飾後面的名詞
     ↓            ↓
   小さい　家を　買いました。
```

買了個小小的房子。

終於如願地買了自己的房子。雖然小小的，但是看起來好溫馨，也有小巧的庭園，旁邊又有一棵樹。

這句話裡的名詞「家」（房子），在「小さい」（小的）的形容下，知道是一間小房子。

6 形容詞＋の

形容詞後面接「の」，這個「の」是一個代替名詞，代替句中前面已出現過的某個名詞。而「の」一般代替的是「物」。

1 小_{ちい}さいのが　いいです。
小的就可以了。

2 もっと　安_{やす}いのは　ありませんか。
沒有更便宜的嗎？

3 トマトは　赤_{あか}いのが　おいしいです。
蕃茄要紅的才好吃。

4 難_{むずか}しいのは　できません。
困難的我做不來。

重點
說明

形容詞　　代替名詞　　説明等……「の」代替句中某名詞
　↓　　　　↓　　　　　↓

トマトは　赤_{あか}い　のが　おいしいです。
蕃茄要紅的才好吃。

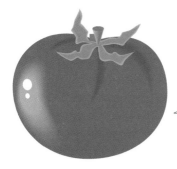

什麼樣的蕃茄好吃呢？

這句話的形容詞「赤い」（紅的），後接「の」，這個「の」指的是，前面提過的「トマト」（蕃茄），就是「紅的蕃茄」啦！

六、形容動詞

1 # 形容動詞（基本形／否定形）

形容動詞具有形容詞和動詞的雙重性格，它的意義和作用跟形容詞完全相同。只是形容動詞的詞尾是「だ」。還有形容動詞連接名詞時，要將詞尾「だ」變成「な」，所以又叫「な形容詞」。形容動詞的現在肯定式中的「です」，是詞尾「だ」的敬體。否定式是把詞尾「だ」變成「で」，然後中間插入「は」，最後加上「ない」或「ありません」。「ではない」後面再接「です」就成了有禮貌的敬體了。「では」的口語說法是「じゃ」。

1 日曜日の　公園は　静かです。
星期天的公園很安靜。

2 花子の　部屋は　きれいです。
花子的房間很漂亮。

3 この　ホテルは　有名では　ありません。
這間飯店沒有名氣。

4 田中さんは　元気では　ないです。
田中先生精神欠佳。

重點說明

主語　　　形容動詞（現在肯定／否定）……客觀事物的狀態等
↓　　　　　　↓

花子の　部屋は　きれいです。
花子的房間很漂亮。

快快！快進來看！這是花子的「部屋」（房間）。花子的房間怎麼了？

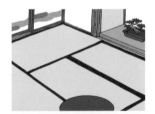

形容動詞「きれいです」，是用來形容房間「整齊的」。

	詞幹	詞尾	現在肯定	現在否定
静かだ	静か	だ	静かだ	静かではない
静かです	静か	です	静かです	静かではないです 静かではありません

2 形容動詞（過去形／過去否定形）

形容動詞的過去式，是將現在肯定的詞尾「だ」變成「だっ」然後加上「た」。敬體是將詞尾「だ」變成「でし」再加上「た」。過去否定式是將現在否定，如「静かではない」中的「い」改成「かっ」然後加上「た」。再接「です」是敬體，禮貌的說法。另外，還有將現在否定的「ではありません」後接「でした」，就是過去否定了。形容動詞的過去式，表示說明過去的客觀事物的性質、狀態，以及過去的感覺、感情。

1 田中さんは　元気でした。
田中先生以前很健康的。

2 彼女は　昔から　きれいでした。
她以前就很漂亮。

3 彼女の　家は　立派では　ありませんでした。
以前她的家並不豪華。

4 小さい　ときから、体は　丈夫では　ありませんでした。
從小身體就不是很好。

重點說明

　　　　　　主語　　形容動詞（過去肯定／否定）……過去客觀
　　　　　　　　↓え　　　↓りっぱ　　　　　　　　　事物的狀態等
彼女の　家は　立派では　なかったです。
以前她的家並不豪華。

現在的「彼女」（她）事業很成功，住的可是很豪華呢！

可是，看到形容詞「立派」（豪華），後接「ではなかった」，知道這是過去的事了，而且是否定的。知道以前她的家並不豪華。

	詞幹	詞尾	現在肯定	現在否定	過去肯定	過去否定
静かだ	静か	だ	静かだ	静かではない	静かだった	静かではなかった
静かです	静か	です	静かです	静かではないです 静かではありません	静かでした	静かではなかったです 静かではありませんでした

3 〔形容動詞で＋形容詞〕

形容動詞詞尾「だ」改成「で」，表示句子還沒說完到此暫時停頓，以及屬性的並列（連接形容詞或形容動詞時）之意。還有輕微的原因。

1 ここは 静かで いい 公園ですね。
這裡很安靜，真是座好公園啊。

2 あの アパートは 便利で 安いです。
那間公寓又方便又便宜。

3 彼は いつも 元気で いいですね。
他總是很有活力，真不錯呢。

4 彼女は きれいで やさしいです。
她又漂亮又溫柔。

重點說明

形容動詞で
┌─────────┴─────────┐
形容動詞　　　　形容詞等……並列或停頓
↓　　　　　　　　　↓

彼女は きれいで やさしいです。
她又漂亮又溫柔。

喂！妳女朋友人怎麼樣？

我們看形容動詞「きれいだ」（漂亮），然後把「だ」改成「で」，再後接形容詞「やさしい」（溫柔的），知道她又漂亮又溫柔啦！

4 〔形容動詞に＋動詞〕

形容動詞詞尾「だ」改成「に」，可以修飾句子裡的動詞。

---

1 あの 子は 歌を 上手に 歌います。
　那孩子歌唱得很好。

2 部屋を きれいに 掃除しました。
　把房間打掃乾淨了。

3 静かに 歩いて ください。
　請放輕腳步走路。

4 庭の 花が きれいに 咲きました。
　院子裡的花開得很漂亮。

重點
說明

　　　　　　　　形容動詞に
　　　　　┌──────┴──────┐
　　　形容動詞　　　　　動詞……形容動詞修飾動詞
　　　　　↓　　　　　　　↓

庭の 花が きれいに 咲きました。
院子裡的花開得很漂亮。

我最喜歡弄些花花草草的了，妳看我們家的院子。

看動詞「咲きました」（綻開），前面有形容動詞「きれい」（美麗）在修飾，知道，庭院的花開得很漂亮啦！

5 〔形容動詞な＋名詞〕

形容動詞要後接名詞，是把詞尾「だ」改成「な」，再接上名詞。這樣就可以修飾後面的名詞了。如「元気_{げんき}な子_こ」（活蹦亂跳的小孩）、「きれいな人_{ひと}」（美麗的人）。

1 きれいな　コートですね。
　好漂亮的大衣呢。

2 これは　大切_{たいせつ}な　本_{ほん}です。
　那是很重要的書。

3 彼_{かれ}は　有名_{ゆうめい}な　作家_{さっか}です。
　他是有名的作家。

4 真面目_{まじめ}な　人_{ひと}が　好_すきです。
　我喜歡認真的人。

重點
說明

　　　　　　形容動詞な
　　　┌──────┴──────┐
形容動詞　　　名詞……形容動詞修飾名詞
　↓　　　　　↓

きれいな　コートですね。
好漂亮的大衣呢。

妳覺得我這件大衣如何？昨天買的。

把形容動詞「きれい」（漂亮），放在名詞「コート」（大衣）的前面來修飾，告訴她「漂亮的大衣」喔！

6 〔形容動詞な＋の〕

形容動詞後面接代替句子的某個名詞「の」時，要將詞尾「だ」變成「な」。

1 便利_{べん り}なのが　ほしいです。
我想要方便的。

2 有名_{ゆうめい}なのを　借_かります。
我要借有名的。

3 丈夫_{じょうぶ}なのを　ください。
請給我堅固的。

4 きれいなのが　いいです。
漂亮的比較好。

重點說明

形容動詞　代替名詞　　行為等……「の」代替句中某名詞
　↓　　　　↓　　　　　　　　↓
有名_{ゆうめい}なのを　　借_かります。
我要借有名的。

我要借幾本明治時期的小說來做報告，而且是當時著名的小說。

形容動詞「有名」（有名的），後面接的「の」，指的是「小説」（小說），而且是形容動詞所形容「有名的」。

I　問題　（　　）の　ところに　なにを　いれますか。1・2・3・
　　4から　いちばん　いい　ものを　1つ　えらびなさい。

1　わたしは　おかしが　あまりすき（　　）

　　　1　ではありません　　　　　　　2　でした

　　　3　です　　　　　　　　　　　　4　くありません

2　ここは　とても　しずか（　　）　いい　ところです。

　　　1　に　　　　　　2　の　　　　　3　で　　　　4　と

3　へやを　もっと　（　　）して　ください。

　　　1　あかるい　　　2　あかるく　　3　あかるいに　4　あかるくに

4　この　ほんは　たいへん　（　　）です。

　　　1　おもしろく　　　　　　　　　2　おもしろいで

　　　3　おもしろいな　　　　　　　　4　おもしろい

5　たなかさんは　とても　きれい（　　）　やさしい　ひとです。

　　　1　に　　　　　　2　の　　　　　3　で　　　　4　と

6　にんじんを　（　　）　きって　ください。

　　　1　おおきいに　2　おおきく　　3　おおきに　　4　おおきいで

7　（　　）　きれいな　くつが　ほしいです。

　　　1　あたらしいの　　　　　　　　2　あたらしくて

　　　3　あたらしくて　　　　　　　　4　あたらしの

8　「どちらが　いいですか。」「じゃあ、　その　（　　）を　ください。」

　　　1　ちいさいいの　　　　　　　　2　ちいさいくの

　　　3　ちいさくの　　　　　　　　　4　ちいさいの

9 きょうは　（　）　ねて　ください。

　　1　はやい　　　　2　はやく　　　　3はやいの　　　4　はやいに

10 さとうさんは　つよくて　（　）　ひとです。

　　1　親切だ　　　　2　親切に　　　　3　親切の　　　　4　親切な

11 「このへやは　いかがですか。」「もう　すこし　（　）が　いいですね。」

　　1　ひろい　　　　2　ひろいの　　　3　ひろいだ　　4　ひろく

12 たいわんの　なつは　（　）　たいへんです。

　　1　あついの　　　2　あつい　　　　3　あついで　　4　あつくて

II　問題　どの　こたえが　いちばん　いいですか。　1・2・3・4
　　から　いちばん　いい　ものを　1つ　えらびなさい。

1　「なにか　のみますか。」「ええ、（　）　みずを　くださいませんか。」

　　1　さむい　　　　2　ひろい　　　　3　つめたい　　4　すずしい

2　「あめが　よく　ふりますね。」「でも、あしたは　きっと　てんき（　）なり

　　ますよ。」

　　1　いい　　　　　2　いく　　　　　3　よい　　　　4　よく

3　「この　ケーキは　どうですか。」「ええ、　とても　（　）です。」

　　1　わるい　　　　2　くらい　　　　3　おいしい　　4　あかるい

4　「たなかさんは　どのひと　ですか。」「あの　（　）ひとですよ。」

　　1　ハンサムい　　　　　　　　　2　ハンサムで

　　3　ハンサムの　　　　　　　　　4　ハンサムな

Ⅲ　問題　どの　こたえが　いちばん　いいですか。1・2・3・4か
　　ら　いちばん　いい　ものを　えらびなさい。

1　A「きのうの　えいがは　どうでしたか。」

　　　B「（　　　　　　　　）。」

　　　1　しんせつでした　　　　　　　2　とおかったです

　　　3　おもしろかったでした　　　　4　こわかったです

2　A「かおいろが（　　　　　　　　）。だいじょうぶですか。」

　　　B「う～ん…。ちょっと　あたまが　いたいです。」

　　　1　いいですよ　　　　　　　　　2　あついですよ

　　　3　こいですよ　　　　　　　　　4　わるいですよ

3　A「わあ、きれいな　ひとですね。」

　　　B「あの　ひとは（　　　　　　　　）。」

　　　1　ゆうめいな　モデルです　　　2　しんせつな　マッチです

　　　3　おもしろい　ノートです　　　4　おおきい　ライターです

4　A「あ、もう　3じですよ。」

　　　B「じかんが（　　　　　　）。いそぎましょう。」

　　　1　あります　　2　ありません　　3　います　　　　4　いません

5　A「あたらしい　へやは　どうですか。」

　　　B「えきから　ちかいですが、（　　　　）。」

　　　1　おおきいです　　　　　　　　2　とおいです

　　　3　ひろいです　　　　　　　　　4　せまいです

七、動詞

表示人或事物的存在、動作、行為和作用的詞叫動詞。日語動詞可以分為三大類，有：

分類	ます形		辭書形	中文
一段動詞	上一段動詞	おきます すぎます おちます います	おきる すぎる おちる いる	起來 超過 掉下 在
	下一段動詞	たべます うけます おしえます ねます	たべる うける おしえる ねる	吃 受到 教授 睡覺
五段動詞	かいます かきます はなします およぎます よみます あそびます まちます		かう かく はなす およぐ よむ あそぶ まつ	購買 書寫 說 游泳 閱讀 玩耍 等待
不規則動詞	サ變動詞	します	する	做
	カ變動詞	きます	くる	來

動詞按形態和變化規律，可以分為 5 種：

1.上一段動詞

　　動詞的活用詞尾，在五十音圖的「い段」上變化的叫上一段動詞。一般由有動作意義的漢字，後面加兩個平假名構成。最後一個假名為「る」。「る」前面的假名一定在「い段」上。例如：

　　　起きる（おきる）

　　　過ぎる（すぎる）

　　　落ちる（おちる）

2.下一段動詞

　　動詞的活用詞尾在五十音圖的「え段」上變化的叫下一段動詞。一般由一個有動作意義的漢字，後面加兩個平假名構成。最後一個假名為「る」。「る」前面的假名一定在「え段」上。例如：

　　　食べる（たべる）

　　　受ける（うける）

　　　教える（おしえる）

　　只是，也有「る」前面不夾進其他假名的。但這個漢字讀音一般也在「い段」或「え段」上。如：

　　　居る（いる）

　　　寝る（ねる）

　　　見る（みる）

3.五段動詞

動詞的活用詞尾在五十音圖的「あ、い、う、え、お」五段上變化的叫五段動詞。一般由一個或兩個有動作意義的漢字，後面加一個（兩個）平假名構成。

（1）五段動詞的詞尾都是由「う段」假名構成。其中除去「る」以外，凡是「う、く、す、つ、ぬ、ふ、む」結尾的動詞，都是五段動詞。例如：

買う（かう）　　待つ（まつ）
書く（かく）　　飛ぶ（とぶ）
話す（はなす）　読む（よむ）

（2）「漢字＋る」的動詞一般為五段動詞。也就是漢字後面只加一個「る」，「る」跟漢字之間不夾有任何假名的，95% 以上的動詞為五段動詞。例如：

売る（うる）　　走る（はしる）
知る（しる）　　要る（いる）
帰る（かえる）

（3）個別的五段動詞在漢字與「る」之間又加進一個假名。但這個假名不在「い段」和「え段」上，所以，不是一段動詞，而是五段動詞。例如：「始まる、終わる」等等。

4.サ變動詞

サ變動詞只有一個詞「する」。活用時詞尾變化都在「サ行」上，稱為サ變動詞。另有一些動作性質的名詞＋する構成的複合詞，也稱サ變動詞。例如：

結婚する（けっこんする）　　勉強する（べんきょうする）

5.力變動詞

只有一個動詞「来る」。因為詞尾變化在力行，所以叫做力變動詞，由「く＋る」構成。它的詞幹和詞尾不能分開，也就是「く」既是詞幹，又是詞尾。

1 動詞（基本形／否定形）

表示人或事物的存在、動作、行為和作用的詞叫動詞。動詞的現在肯定及否定的活用如下：

	肯定	否定
現在／未來	～ます	～ません

1 今晩 勉強します。
今晩要讀書。

2 机を 並べます。
排桌子。

3 帽子を かぶります。
戴帽子。

4 今日は お風呂に 入りません。
今天不洗澡。

重點
說明

主題　　　　　對象　　　　動詞（現在肯定／否定）……人或事物的動作等
↓　　　　　　↓　　　　　　　　↓
今日は　お風呂に　入りません。
今天不洗澡。

這句話要敘述的是「太郎」，所以用「は」來表示主題。

而這個主題做的動作是「入りません」（不進去）。不進去哪裡？看表示對象的「に」前面，是「お風呂」（洗澡），原來是不進去洗澡啦！

2 動詞（過去形／過去否定形）

動詞過去式表示人或事物過去的存在、動作、行為和作用。動詞過去的肯定和否定的活用如下：

	肯定	否定
現在／未來	〜ます	〜ません
過去	〜ました	〜ませんでした

1 先週　友達に　手紙を　書きました。
　　上禮拜寫了封信給朋友。

2 昨日　図書館へ　行きました。
　　昨天去了圖書館。

3 昨日、働きませんでした。
　　昨天沒去工作。

4 今年は　花が　咲きませんでした。
　　今年沒開花。

重點說明

過去時間名詞　動詞（過去肯定／否定）……表過去的行為等
　　↓　　　　　　　↓
昨日、働きませんでした。
昨天沒去工作。

看到「昨日」（昨天），知道說的是過去的事。

所以動詞用「働きません」（沒去工作）的過去式「働きませんでした」。

3 動詞（基本形）

相對於「動詞ます形」，動詞基本形說法比較隨便，一般用在關係跟自己比較親近的人之間。因為辭典上的單字用的都是基本形，所以又叫辭書形。基本形怎麼來的呢？請看下面的表格。

1 靴下を はく。
穿襪子。

3 ラジカセで 音楽を 聴く。
用卡式錄放音機聽音樂。

2 毎日 8時間 働く。
每天工作8小時。

4 箸で ご飯を 食べる。
用筷子吃飯。

五段動詞	拿掉動詞「ます形」的「ます」之後，最後將「い段」音節轉為「う段」音節。 かきます→かき→かく　ka-ki-ma-su→ka-ki→ka-ku
一段動詞	拿掉動詞「ます形」的「ます」之後，直接加上「る」。 たべます→たべ→たべる　ta-be-ma-su→ta-be→ta-be-ru
不規則動詞	します→する　　きます→くる

※動詞普通否定形，請參考本章第15單元。

重點說明

　　道具　　　　對象　　　　　動詞（普通形）……用在親近的人
　　↓　　　　　↓　　　　　　　↓
箸で　ご飯を　食べる。
用筷子吃飯。

今天跟外子到日式料理店進餐。

跟關係比較親近的人，日語一般用普通形。「食べます」的普通形是「食べる」。

4 〔動詞＋名詞〕

動詞的普通形，可以直接修飾名詞。

1 食べた　人は　手を　あげて　ください。
有吃的人請舉手。

2 来週　休む　人は　誰ですか。
誰下禮拜請假不來？

3 分からない　単語が　あります。
有不懂的單字。

4 私が　住んで　いる　アパートは　狭いです。
我住的公寓很窄。

重點說明

修飾後面的名詞

動詞（普通形）　　　　名詞……修飾
↓

分からない　単語が　あります。
有不懂的單字。

咦？怎麼啦？

要告訴人家有不懂的單字，要把動詞的普通形「分からない」（不知道）放在「単語」（單字）前面，來整個說明（修飾）這個單字。

5 〔…が＋自動詞〕

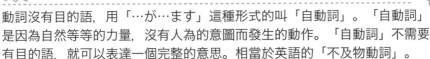

動詞沒有目的語，用「…が…ます」這種形式的叫「自動詞」。「自動詞」是因為自然等等的力量，沒有人為的意圖而發生的動作。「自動詞」不需要有目的語，就可以表達一個完整的意思。相當於英語的「不及物動詞」。

---

1 火が　消えました。
　火熄了。

2 車が　止まりました。
　車停了。

3 ドアが　開きました。
　門開了。

4 気温が　あがります。
　溫度會上升。

重點說明	

主語　　　自動詞……沒有人為意圖發生的動作
↓　　　　　↓
火が　消えました。
火熄了。

奇怪了？火怎麼熄了！原來是風把火吹熄的啦！

由於「熄了」，不是人為的，是自然的因素，所以用自動詞「消えました」（熄了）。對了，「火」的後面要接助詞「が」囉！

6 〔…を＋他動詞〕

跟「自動詞」相對的，有動作的涉及對象，用「…を…ます」這種形式，名詞後面接「を」來表示動作的目的語，這樣的動詞叫「他動詞」。「他動詞」是人為的，有人抱著某個目的有意識地作某一動作。

1 私は　火を　消しました。
我把火弄熄了。

2 彼は　車を　止めました。
他停了車。

3 私は　ドアを　開けました。
我開了門。

4 棚に　荷物を　あげた。
我把行李放到架上了。

重點說明

主語　目的語（動作對象）　　他動詞……有意圖地做某動作
　↓　　　↓　　　　　　　　　　↓
私は　火を　　　　　　消しました。
我把火弄熄了。

我把火弄熄了！火是因為我這一人為的動作而被熄了，所以用他動詞「消しました」（弄熄了）。

又動作有涉及的對象，所以「火」的後面，要接助詞「を」來表示目的語！

比較

他動詞	自動詞

糸を 切る。
剪線。

糸が 切れる。
線斷了。

火を 消す。
滅火。

火が 消える。
火熄了。

ものを 落とす。
東西扔掉。

ものが 落ちる。
東西掉了。

木を 倒す。
把樹弄倒。

木が 倒れる。
樹倒了。

タクシーを 止める。
攔下計程車。

タクシーが 止まる。
計程車停了下來。

動詞「て」形的變化如下：

	辞書形	て形	辞書形	て形
一段動詞	みる おきる きる	みて おきて きて	たべる あげる ねる	たべて あげて ねて
五段動詞	いう あう かう	いって あって かって	あそぶ よぶ とぶ	あそんで よんで とんで
	まつ たつ もつ	まって たって もって	のむ よむ すむ	のんで よんで すんで
	とる うる つくる	とって うって つくって	しぬ	しんで
	＊いく	いって	かく きく はたらく	かいて きいて はたらいて
	はなす かす だす	はなして かして だして	およぐ ぬぐ	およいで ぬいで
不規則動詞	する 勉強します	して 勉強して	くる	きて

説明：

1.一段動詞很簡單只要把結尾的「る」改成「て」就好了。

2.五段動詞以「う、つ、る」結尾的要發生「っ」促音便。以「む、ぶ、ぬ」結尾的要發生「ん」撥音便。以「く、ぐ」結尾的要發生「い」音便。以「す」結尾的要發生「し」音便。

3.＊例外

7 〔動詞＋て〕（連接短句）

單純的連接前後短句成一個句子，表示並舉了幾個動作或狀態。

---

1 新宿に　行って、映画を　見ます。
　　去新宿看電影。

2 公園で　野球を　して、サッカーを　します。
　　去公園打棒球，踢足球。

3 朝は　パンを　食べて、牛乳を　飲みます。
　　早上吃麵包，喝牛奶。

4 夏休みは、おじいちゃんの　家に　行って、釣りを　します。
　　暑假到爺爺家釣魚。

重點說明

動詞て形連接

動作短句　　　　　　　　動作短句……並舉動作
↓　　　　　　　　　　　↓

朝は　パンを　食べて、牛乳を　飲みます。

早上吃麵包，喝牛奶。

要怎麼把兩個動作連在一起說呢？看這句話。

這句話，用「動詞＋て」的形式，把「吃麵包」跟「喝牛奶」用「て」來連接，表示並舉了這兩個動作。

8 〔動詞＋て〕（時間順序）

連接行為動作的短句時，表示這些行為動作一個接著一個，按照時間順序進行。除了最後一個動作以外，前面的動詞詞尾都要變成「て形」。

1 靴を 履いて 外に 出ます。
穿上鞋子後外出。

2 お風呂に 入って テレビを 見ます。
洗完澡再看電視。

3 封筒に 切手を 貼って 出します。
信封貼上郵票，然後寄出去。

4 私は いつも 電気を 消して 寝ます。
我平常都關電燈再睡覺。

重點說明	動詞て形連接

動作短句　　　　　　　動作短句……動作按時間順序做
　↓　　　　　　　　　　　↓

封筒に 切手を 貼って 出します。
信封貼上郵票，然後寄出去。

我去郵局寄一下信。記得先貼郵票喔！知道了。

「動詞＋て」的形式，也可以表示時間的順序。也就是說「貼上郵票、寄出去」這二個動作，是一個接著一個，按照動作先後順序排列起來的。

9 〔動詞＋て〕（方法、手段）

表示行為的方法或手段。

---

1 CDを 聞いて、勉強します。
聽CD來讀書。

2 バスに 乗って、海へ 行きました。
坐公車到海邊。

3 フォークを 使って、食事します。
用叉子吃飯。

4 ネットを 使って、調べます。
用網路搜尋。

重點説明	方法	動詞て形	行為……方法或手段
	↓	↓	↓

ネットを 使って、調べます。
用網路搜查。

「コップ」跟「カップ」有什麼不一樣？「對了！用網路搜尋一下。」

這句話用「て」表示方法是「用網路」，來做「調べます」（搜尋）這個動作。沒錯，網路很好用喔！

10 〔動詞＋て〕（原因）

動詞て形也可以表示原因。

---

1 お金が なくて、困って います。
沒有錢很煩惱。

2 風邪を 引いて、頭が 痛いです。
感冒了頭很痛。

3 食べ過ぎて、おなかが 痛いです。
吃太多了，肚子很痛。

4 一日中 仕事を して、疲れました。
工作了一整天很累。

比較：

「て」→…所以…。表示輕微的原因。

「ので」→因為…。自然的因果關係、客觀的理由。

| 重點説明 | 原因　　動詞て形　　　　結果……原因 |

原因　　　動詞て形　　　　　結果……原因
↓　　　　　↓　　　　　　　↓
食べ過ぎて、おなかが 痛いです。
吃太多了，肚子很痛。

這也是用「動詞＋て」的形式，但表示的是原因。

看這句話「おなかが痛いです」（肚子痛）的原因是，看「て」前面，原來是因為「吃太多了」。

11 〔動詞＋ています〕（動作進行中）

表示動作或事情的持續，也就是動作或事情正在進行中。我們來看看動作的三個時態。就能很明白了。

1 リーさんは　日本語を　習って　います。
李小姐在學日語。

2 伊藤さんは　電話を　して　います。
伊藤先生在打電話。

3 今　何を　して　いますか。
現在在做什麼？

重點說明

動詞　動作進行中⋯⋯動作或事情的持續
　↓　　　↓
伊藤さんは　電話を　して　います。
伊藤先生在打電話。

這句話要說的是打電話這一動作，是從之前的某一時間開始一直持續到現在。

所以用「動詞＋ています」的形式，也就是「電話をしています」（正在打電話）了。

12 〔動詞＋ています〕（習慣性）

「動詞+ています」跟表示頻率的「毎日（まいにち）、いつも、よく、時々（ときどき）」等單詞使用，就有習慣做同一動作的意思。

1 毎日（まいにち）　6時（ろくじ）に　起（お）きて　います。
　　每天6點起床。

2 彼女（かのじょ）は　いつも　お金（かね）に　困（こま）って　います。
　　她總是為錢煩惱。

3 よく　高校（こうこう）の　友人（ゆうじん）と　会（あ）って　います。
　　我常和高中的朋友見面。

重點說明

　頻率副詞　　　　　　　　　動詞　　　做同一動作……習慣做同一動作
　　↓　　　　　　　　　　　　↓　　　　　↓

毎日（まいにち）　6時（じ）に　起（お）きて　います。
我每天6點起床。

早睡早起身體好！我每天都6點起床。

這句話裡，雖然起床只有一次。但因為是重複性的動作，也可以當作是有繼續性的事情。

13 〔動詞＋ています〕（工作）

「動詞＋ています」接在職業名詞後面，表示現在在做什麼職業。也表示某一動作持續到現在，也就是說話的當時。

1 貿易会社で 働いて います。
我在貿易公司上班。

2 姉は 今年から 銀行に 勤めて います。
姉姉今年起在銀行服務。

3 李さんは 日本語を 教えて います。
李小姐在教日文。

4 兄は アメリカで 仕事を して います。
哥哥在美國工作。

重點說明	主語		對象	動詞	動作持續……現在做
	↓		↓	↓	↓ 什麼職業

兄は アメリカで 仕事を して います。
哥哥在美國工作。

哥哥在美國工作這一動作，持續到現在。

所以可以用「動詞＋ています」的形式來表示。

14 〔動詞＋ています〕（結果或狀態的持續）

「動詞+ています」也表示某一動作後的結果或狀態還持續到現在，也就是說話的當時。

---

1 クーラーが ついて います。
有開冷氣。

2 窓が 閉まって います。
窗戶是關著的。

3 あの 人は 帽子を かぶって います。
那個人戴著帽子。

4 机の 下に 財布が 落ちて います。
錢包掉在桌子的下面。

重點
說明

　　　　　　　　　　　動詞　　　動作後……動作後結果
　　　　　　　　　　　　↓　　　　　↓　　　　或狀態的持續

机の 下に 財布が 落ちて います。
錢包掉在桌子下面。

錢包掉了，是經過一段時間後，由某人發現了。這一狀態是在說話之前發生的結果，而這一動作結果還存在的狀態。

嗯！！！這錢包怎麼掉在桌下？

15 〔動詞ないで〕

是「動詞否定形+ないで」的形式。表示附帶的狀況，也就是同一個動作主體的行為「在不做…的狀態下，做…」的意思；也表示並列性的對比，也就是對比述說兩個事情，「不是…，卻是做後面的事/發生了別的事」，後面的事情大都是跟預料、期待相反的結果。可譯作「沒…反而…」。

1 切手を 貼らないで 手紙を 出しました。
沒貼郵票就把信寄出去了。

2 友子は 夕べ 晩ご飯を 食べないで 寝ました。
友子昨晚沒吃晚飯就睡了。

3 りんごを 洗わないで 食べました。
蘋果沒洗就吃。

4 昨日は 寝ないで 勉強しました。
昨天整晚讀書沒睡。

> **比較：**
>
> 「ないで」→沒…（就）做…。語感比較柔和，一般用法。
>
> 「ず（に）」→未…（就）做…。語感較生硬，書面用法居多。

重點說明

動詞否定形ないで

行為（附帶）　　　　行為……附帶狀況
↓　　　　　　　　　　↓

りんごを 洗わないで 食べました。
蘋果沒洗就吃。

喂！蘋果怎麼沒洗就吃了。

這句話是說，吃蘋果這一狀態，附帶了「りんごを洗わないで」（沒洗蘋果）這一狀態。

16 〔動詞なくて〕

「動詞否定形＋なくて。」表示因果關係。由於無法達成、實現前項的動作，導致後項的發生。可譯作「因為沒有…」、「不…所以…」。

1 前に　日本語を　勉強しましたが、使わなくて　忘れました。
之前有學過日語，但是沒有用就忘了。

2 宿題が　終わらなくて、まだ　起きて　います。
功課寫不完，我還沒睡。

3 子供が　できなくて、医者に　行って　います。
一直都無法懷孕，所以去看醫生。

4 お店の　人の　ことばが　わからなくて、買い物が　できませんでした。
聽不懂店員說的話，所以沒辦法買東西。

| 重點說明 | 前に　日本語を　勉強しましたが、
使わなくて　忘れました。 |

　　　　　↑　　　　　　　　↑
　　　　原因　　　　　　結果……因果關係
　　之前有學過日語，但是沒有用就忘了。

人家以前是日文系的，但是太久沒用，已經忘得差不多了!!

我記得你學過日語吧，這週末可以當我的翻譯嗎？要帶一個日本客戶出去玩。

「なくて」前接動詞未然形，表示因為前項（沒有用日語）的理由，導致後項（忘記日語）這一結果。

17 自動詞＋…ています

表示跟目的、意圖無關的某個動作結果或狀態，還持續到現在。自動詞的語句大多以「…ています」的形式出現。

1 本が 落ちて います。
書掉了。

2 時計が 遅れて います。
時鐘慢了。

3 川が 分かれて います。
河流分支開來。

4 空に 月が 出て います。
夜空高掛著月亮。

比較：

「ています」→著…了。
自然、非人為的動作，所產生的結果或狀態持續著。前接自動詞。

「てあります」→已…了。人為有意圖做某動作，其結果或狀態持續著。前接他動詞。

重點說明

| 主語 | 自動詞 | 動作後（結果或狀態）……無意圖做的 |
| ↓ | ↓ | ↓ |

空に 月が 出て います。
夜空高掛著月亮。

好美的夜空喔！還有月亮呢！夜空高掛著月亮。是一種自然的現象，所以用自動詞「出る」（出來）。

而這一狀態是在說話之前發生的，且這一動作狀態還持續到現在。

18 〔他動詞て＋あります〕

表示抱著某個目的、有意圖地去執行，當動作結束之後，那一動作的結果還存在的狀態。可譯作「…著」、「已…了」。他動詞的語句大多以「…てあります」的形式出現。

---

1 封筒<small>ふうとう</small>は 買<small>か</small>って あります。
有買信封。

2 壁<small>かべ</small>に 写真<small>しゃしん</small>が 貼<small>は</small>って あります。
牆上貼著照片。

3 お皿<small>さら</small>が 並<small>なら</small>べて あります。
盤子排放好了。

4 お弁当<small>べんとう</small>は もう 作<small>つく</small>って あります。
便當已經作好了。

比較：

「てあります」→已…了。強調眼前所呈現的狀態。

「ておきます」→事先…了。強調為了某目的，先做某動作。

重點說明

話題		他動詞	動作後（結果或狀態）	……有意圖做的
↓		↓	↓	

お弁当<small>べんとう</small>は もう 作<small>つく</small>って あります。
便當已經作好了。

為了讓孩子在學校吃午餐，而做好便當。

所以這句話用「作る」（做）這一個有意圖性的他動詞。由於便當做好了這一動作的結果還存在，所以用「作って＋あります」的形式。

名詞

表示人或事物名稱的詞。多由一個或一個以上的漢字構成。也有漢字和假名混寫的或只寫假名的。名詞在句中當做主語、受詞及定語。名詞沒有詞形變化。日語名詞語源有：

1.日本固有的名詞

水（みず）　　　　　花（はな）
人（ひと）　　　　　山（やま）

2.來自中國的詞

先生（せんせい）　　教室（きょうしつ）
中国（ちゅうごく）　辞典（じてん）

3.利用漢字造的詞

自転車（じてんしゃ）　映画（えいが）
風呂（ふろ）　　　　　時計（とけい）

4.外來語名詞

バス(bus)　　　　　テレビ(television)
ギター(guitar)　　　コップ(cup)

日語名詞的構詞法有：

1.單純名詞

頭（あたま）　　　　ノート（note）
机（つくえ）　　　　月（つき）

2.複合名詞

名詞＋名詞―花瓶（かびん）
形容詞詞幹＋名詞―白色（しろいろ）
動詞連用形＋名詞―飲み物（のみもの）
名詞＋動詞連用形―金持ち（かねもち）

3.派生名詞

重さ（おもさ）　　　遠さ（とおさ）
立派さ（りっぱさ）　白さ（しろさ）

4.轉化名詞

形容詞轉換成名詞―白（しろ）　　黒（くろ）
動詞轉換成名詞―帰り（かえり）　始め（はじめ）

外來語

　　日語中的外來語，主要指從歐美語言中音譯過來的（習慣上不把從中國吸收的漢語看作外來語），其中多數來自英語。書寫時只能用片假名。例如：

一、來自各國的外來語

1.來自英語的外來語

バス(bus)　　公共汽車
テレビ(television) 電視

2.來自其他語言的外來語

パン　　　　麵包（葡萄牙語）
タバコ　　　香菸（西班牙語）
コップ　　　杯子（荷蘭語）

二、外來語的分類

1.純粹的外來語—不加以改變，按照原意使—用的外來語。例如，

アイロン(iron)　　　　　熨斗
アパート(apartment)　　公寓
カメラ(camera)　　　　　照相機

2.日式外來語—以英語詞彙為素材，創造出來的日式外來語。這種詞彙雖貌似英語，但卻是英語所沒有的。例如，

auto+bicycle→オートバイ　　摩托車
back+mirror→バックミラー　後照鏡
salaried+man→サラリーマン 上班族

3.轉換詞性的外來語—把外來語的意義或形態部分加以改變或添加具有日語特徵成分的詞語。例如，把具有動作性質的外來語，用「外來語＋する」的方式轉變成動詞。

テストする　　測驗
ノックする　　敲門
キスする　　　接吻

還有，把外來語加上「る」，使其成為五段動詞。

メモる　　　　做筆記
サボる　　　　怠工
ミスる　　　　弄錯

Ⅰ　問題（　　）の　ところに　なにを　いれますか。1・2・3・4か
　ら　いちばん　いい　ものを　1つ　えらびなさい。

1 かぜで　まど（　　）あきました。

　　1　を　　　　　2　で　　　　　3　が　　　　4　に

2 あついですね。　まど（　　）あけて　ください。

　　1　を　　　　　2　で　　　　　3　が　　　　4　に

3 でんき（　　）けして　ください。

　　1　を　　　　　2　で　　　　　3　が　　　　4　に

4 とつぜん　でんき（　　）きえました。

　　1　を　　　　　2　で　　　　　3　が　　　　4　に

5 くつを　（　　）そとに　でました。

　　1　はく　　　　2　はいで　　　3　はいて　　4　はきます

6 あさ　（　　）、すぐ　かおを　あらいます。

　　1　おきました　2　おきて　　3　おきます　　4　おきに

7 「しりょうは　よういして（　　）か。」「いいえ、まだです。」

　　1　いきます　　2　あります　　3　いります　　4　ありません

8 かちょうは　いま　でんわに（　　）。

　　1　でて　あります　　　　　　2　でて　います
　　3　でて　ありません　　　　　4　でて　います

9 かないは　かいものに　（　　）。

　　1　いきましょう　　　　　　　2　いって　います
　　3　いきますか　　　　　　　　4　いて　います

10 テーブルの　うえに　コップが（　　）。

　　1　おいて　います　2　おいて　あります　3　おきます　　4　います

11 わたしの　ケーキを　（　　）ください。

1　たべなくて　　2　たべないで　　3　たべません　4　たべない

12 きょうかしょを　（　　）　こたえて　ください。

1　みます　　　　2　みないで　　　3　みまして　　　4　みました

II　問題　どの　こたえが　いちばん　いいですか。　1・2・3・4か
　　ら　いちばん　いい　ものを　1つ　えらびなさい

1「きょうかしょを　みて　いいですか。」「いいえ　だめです。（　　）

　　ください。」

1　みて　　　　　2　みます　　　3　みないで　　4　みず

2「いとうさんは　いますか。」「すみません　いま　ほかの　かいしゃに

　　（　　）。」

1　いきます　　　　　　　　　2　いって　います

3　いって　あります　　　　　4　いって　おきます

3「この　たんごの　いみが　わかりません。」「じしょで　（　　）ください。」

1　しらべる　　　　　　　　　2　しらべます

3　しらべないで　　　　　　　4　しらべて

4「よるは　なにを　しますか。」「かぞくと　ばんごはんを　（　　）

　　テレビを　みます。」

1　たべますて　2　たべるて　　3　たべて　　　4　たべに

172 ・・・動詞

Ⅱ問題解答：(2)，(3)，(4)，(3)：Ⅱ問題解答　　Ⅰ11-12問題解答：(2)，(2)，(3)，(4)，(3)

III 問題　どの　こたえが　いちばん　いいですか。1・2・3・4から
いちばん　いい　ものを　えらびなさい。

1 A「あついですね。まどを（　　　　　　　）。」

B「あ、ありがとう　ございます。」

1　あけませんか　　　　　　　　2　あけましょうか

3　しめませんか　　　　　　　　4　しめましょうか

2 A「くらいですね。でんきを（　　　　　　　）。」

B「はい、わかりました。」

1　つけません　　　　　　　　　2　つけました

3　つけて　ください　　　　　　4　つけないでしょう

3 A「さとうさんは　いますか。」

B「すみません、いま　おふろに（　　　　　　　）。」

1　はいりません　　　　　　　　2　はいって　います

3　はいりましたか　　　　　　　4　はいりませんか

4 A「すみません、きょうかしょを（　　　　　　　）。」

B「じゃ、となりの　クラスの　ひとに　かりて　ください。」

1　かします　　　　　　　　　　2　あります

3　わすれました　　　　　　　　4　ありません

5 A「おんせんですか。いいですね。（　　　　　　　）。」

B「かぞくと　いきました。」

1　どこへ　いきましたか　　　　2　だれと　いきましたか

3　いつ　いきましたか　　　　　4　どうして　いきましたか

Ⅰ　問題　（　　）の　ところに　なにを　いれますか。1・2・3・
　　4から　いちばん　いい　ものを　1つ　えらびなさい。

1　「この　かばんは　ちんさん（　　）ですか。」「ええ、そうです。」

　　　　1　の　　　　　2　で　　　　　3　に　　　　　4　を

2　やまださんは　いしゃ（　　）、　かれの　おくさんは　がくしゃです。

　　　　1　の　　　　　2　で　　　　　3　に　　　　　4　と

3　これは　ちゅうごくごの　ほん（　　）、あれは　えいごの　ほんです。

　　　　1　の　　　　　2　で　　　　　3　に　　　　　4　と

4　テーブルの　上に　コップ（　　）ならんで　います。

　　　　1　を　　　　　2　が　　　　　3　に　　　　　4　で

5　あしたは　たぶん　（　　）でしょう。

　　　　1　雨の　　　　2　雨で　　　　3　雨　　　　　4　雨と

6　にほん（　　）　かいしゃで　はたらいて　います。

　　　　1　に　　　　　2　の　　　　　3　を　　　　　4　と

7　この　つくえは　せんせい（　　）です。

　　　　1　に　　　　　2　の　　　　　3　を　　　　　4　と

8　「こども（　　）　くつが　ほしいですが…。」「くつ　うりばは　6かいですよ。」

　　　　1　に　　　　　2　の　　　　　3　を　　　　　4　と

II 問題 どの こたえが いちばん いいですか。 1・2・3・4か
  ら いちばん いい ものを 1つ えらびなさい

☐1 「この かさは だれ（　　）ですか。」「わたしのです。」

　　 1　の　　　　　2　が　　　　　3　に　　　　　4　で

☐2 「おこさんは いま （　　）ですか。」「ええ、そうです。」

　　 1　がくせいの　　　　　　　　 2　がくせいが

　　 3　がくせいで　　　　　　　　 4　がくせい

☐3 「この ほん（　　） あの ほんを ください。」「はい、ありがとう

　　 ございます。」

　　 1　や　　　　　2　で　　　　　3　と　　　　　4　を

☐4 「こうさんは どこで はたらいて いますか。」「にほん（　　） かいしゃで

　　 はたらいて います。」

　　 1　で　　　　　2　に　　　　　3　の　　　　　4　と

III 問題 どの こたえが いちばん いいですか。1・2・3・4から
  いちばん いい ものを えらびなさい。

☐1 A「きれいな とけいですね。」

　　 B「これは アメリカの とけい（　　）、これは スイスの とけいです。」

　　 1　は　　　　　2　が　　　　　3　で　　　　　4　と

☐2 A「りょこうは どうでしたか。」

　　 B「おもしろく（　　）、たのしかったです。」

　　 1　と　　　　　2　て　　　　　3　し　　　　　4　が

3 A「これは だれの きょうかしょですか。」

B「ちんさん（　　　　　）。」

1　のます　　　　　　　　　　2　のです

3　のだった　　　　　　　　　4　のました

4 A：「パーティで なにか たべましたか。」

B：「はい。でも ひとが おおかったですから ___。」

1　すこしだけ たべました　　2　なにも たべました

3　たべませんでした　　　　　4　なにを たべました

5 A「えきまで、なんで きましたか。」

B「（　　　　　　　）きました。」

1　バスでした　　　　　　　　2　タクシーので

3　バスで　　　　　　　　　　4　タクシーまで

八、句型

1 …をください

表示想要什麼的時候，跟某人要求某事物。可譯作「我要…」、「給我…」。

1 ジュースを　ください。
我要果汁。

2 <ruby>赤<rt>あか</rt></ruby>い　りんごを　ください。
請給我紅蘋果。

3 <ruby>紙<rt>かみ</rt></ruby>を　<ruby>一枚<rt>いちまい</rt></ruby>　ください。
請給我一張紙。

4 <ruby>安<rt>やす</rt></ruby>いのを　ください。
請給我便宜的。

重點說明	某物	我要……跟某人要求某物
	↓	↓

ジュースを　ください。
我要果汁。

歡迎光臨！您要點什麼？

店員問你要點什麼？只要在「…をください」前面，加上自己想要的東西，就可以了。

2 …てください

表示請求、指示或命令某人做某事。一般常用在老師跟學生、上司對部屬、醫生對病人等指示、命令的時候。可譯作「請…」。

1 口を 大きく 開けて ください。
請把嘴巴張大。

2 先に 手を 洗って ください。
請先洗手。

3 大きな 声で 言って ください。
請大聲說出來。

4 時間が ない。早く して ください。
沒時間了。請快一點。

重點說明

某事
↓
請做……請求某人做某事
↓

口を 大きく 開けて ください。
請把嘴巴張大。

醫生指示病人張開嘴巴，而病人當然要按照醫生的指示去做囉！

只是「…てください」也不算是強制性的，決定權還是在病人身上。

3 …ないでください

表示否定的請求命令，請求對方不要做某事。可譯作「請不要…」。

1 授業 中は 話さないで ください。
上課請不要說話。

2 写真を 撮らないで ください。
請不要拍照。

3 電気を 消さないで ください。
請不要關燈。

4 その 部屋に 入らないで ください。
請不要進那間房間。

重點
說明

　某事　　　請不要做……否定的請求
　　↓　　　　　　↓
写真を 撮らないで ください。
請不要拍照。

在日本很多公共
場所都是禁止拍
攝的喔！

請對方不要
拍照就用這
句話。

4 動詞てくださいませんか

跟「…てください」一樣表示請求。但是說法更有禮貌，由於請求的內容給對方負擔較大，因此有婉轉地詢問對方是否願意的語氣。可譯作「能不能請你…」。

比較：

「てください」→請…。
有禮貌地請對方做某事。

「てくださいませんか」
→能否請您…。較客氣，問對方是否願意這樣做。

1 お名前を 教えて くださいませんか。
能不能告訴我您的尊姓大名？

2 電話番号を 書いて くださいませんか。
能否請您寫下電話號碼？

3 先生、もう 少し ゆっくり 話して くださいませんか。
老師，能否請您講慢一點？

4 東京へ 一緒に 来て くださいませんか。
能否請您一起去東京？

重點
說明

某事　　　　　　　能不能請您（幫我）……禮貌的請求
　↓　　　　　　　　　　　　　↓

お名前を 教えて くださいませんか。
能不能告訴我您的尊姓大名。

會席上，看到A公司的老闆。為了拉生意，趕快上前打聲招呼。

跟對方當然要按照去做「…てください」相比，「…てくださいませんか」可以用在對方不一定要照著做的時候，所以說法要更客氣。

5 動詞ましょう

是「動詞ます形＋ましょう」的形式。表示勸誘對方跟自己一起做某事。一般用在做那一行為、動作，事先已經規定好，或已經成為習慣的情況。也用在回答時。可譯作「做…吧」。

1 ちょっと　休みましょう。
　休息一下吧！

2 九時半に　会いましょう。
　就約九點半見面吧。

3 一緒に　帰りましょう。
　一請回家吧。

4 名前は　大きく　書きましょう。
　把姓名寫大一點吧。

重點說明

某動作　　（一起）做吧……勸誘
　↓　　　　　↓
ちょっと　休みましょう。
休息一下吧！

哥！「ちょっと休みましょう」（休息一下吧）！

一路爬山到這裡，真是累人。

你不是說累了就可以休息嗎？

⑥ 動詞ましょうか

「動詞ます形＋ましょうか」。這個句型有兩個意思，一個是表示提議，想為對方做某件事情並徵求對方同意。另一個是表示邀請，相當於「ましょう」，但是是站在對方的立場著想才進行邀約。可譯作「我來…吧」、「我們…吧」。

1 寒いですね。窓を 閉めましょうか。
好冷喔，我來把窗戶關起來吧？

2 大きな 荷物ですね。持ちましょうか。
好大件的行李啊，我來幫你提吧？

3 もう 6時ですね。帰りましょうか。
已經6點了呢，我們回家吧。

4 公園で、お弁当を 食べましょうか。
我們在公園吃便當吧。

重點
說明

想為對方做的事……提議
↓

大きな 荷物ですね。持ちましょうか。
好大件的行李啊，我來幫你提吧？

想要幫老太太提行李，就用「持つ」加上「ましょう」來問問她吧。

太太這行李這麼大，我來幫你提吧！

7 動詞ませんか

是「動詞ます形＋ませんか」的形式。表示行為、動作是否要做，在尊敬對方抉擇的情況下，有禮貌地勸誘對方，跟自己一起做某事。可譯作「要不要…吧」。

---

1 週末、遊園地へ 行きませんか。
週末要不要一起去遊樂園玩。

2 今晩、食事に 行きませんか。
今晚要不要一起去吃飯？

3 明日、いっしょに 映画を 見ませんか。
明天要不要一起去看電影？

4 日曜日、いっしょに 料理を 作りませんか。
禮拜天要不要一起下廚？

> 比較：
>
> 「ませんか」→要不要（一起）…。較客氣，在尊重對方意願之下，邀請對方一起做某事。
>
> 「ましょう」→（一起）做…。請對方一起做某事。且該動作，是事先規定好、已經是習慣的了。

重點說明

　　　　　　　某動作　　要不要（一起）做吧……勸誘
　　　　　　　　↓　　　　　↓
週末、遊園地へ　行きませんか。
週末要不要一起去遊樂園玩？

學姊平常都很照顧我，聽說她很喜歡到遊樂園玩，所以想約她去玩。

不知道她能不能挪出時間，那就用有禮貌的方式「行きませんか」約她吧！

8 …がほしい

是「名詞＋が＋ほしい」的形式。表示說話人（第一人稱）想要把什麼東西弄到手，想要把什麼東西變成自己的，希望得到某物的句型。「ほしい」是表示感情的形容詞。希望得到的東西，用「が」來表示。疑問句時表示聽話者的希望。可譯作「…想要…」。

1 私は　自分の　部屋が　ほしいです。
我想要有自己的房間。

2 新しい　洋服が　ほしいです。
我想要新的洋裝。

3 もっと　時間が　ほしいです。
我想要多一點的時間。

4 どんな　恋人が　ほしいですか。
你想要怎樣的情人？

重點
說明

某物　　　　想要……說話人想得到某物
↓　　　　　　　↓

私は　自分の　部屋が　ほしいです。
我想要有自己的房間。

我都高中了，還要跟兩個弟妹睡一個房間。

「…がほしい」（想要…），表示說話人希望得到某物。至於，希望得到的東西「自己的房間」，要用「が」表示喔！

9 動詞たい

是「動詞ます形＋たい」的形式。表示說話人（第一人稱）內心希望某一行為能實現，或是強烈的願望。疑問句時表示聽話者的願望。「たい」跟「ほしい」一樣也是形容詞。可譯作「…想要做…」。

1 果物が　食べたいです。
我想要吃水果。

2 私は　医者に　なりたいです。
我想當醫生。

3 どこか　出かけたいです。
我想要出去走走。

4 今晩　何が　食べたいですか。
今晩想吃什麼？

> **比較：**
>
> たい→希望某一行為能實現。用在第一人稱。
>
> ほしい→希望能得到某物。用在第一人稱。

重點說明

　　　　　　某行為　　想要做（第一人稱）……說話人內心希望
　　　　　　　↓　　　　　　　↓
私は　医者に　なりたいです。
我想當醫生。

> 山田醫生醫術精湛，人又很酷！我長大以後要像山田醫生一樣。

> 看看這句話前面的動詞，原來他是想要「医者になる」（當醫生）呢！

10 …とき

是「普通形＋とき」、「な形容詞＋な＋とき」、「形容詞＋とき」、「名詞＋の＋とき」的形式。表示與此同時並行發生其他的事情。前接動詞辭書形時，跟「するまえ」、「同時」意思一樣，表示在那個動作進行之前或同時，也同時並行其他行為或狀態；如果前面接動詞過去式，表示在過去，與此同時並行發生其他事情或狀態。可譯作「…的時候…」。

1 妹が 生まれた とき、父は 外国に いました。
妹妹出生的時候，父親在國外。

2 暇な とき、公園へ 散歩に 行きます。
空閒時會到公園散步。

3 小さい とき、よく あの 川で 遊びました。
小時候，常在那條河玩。

4 10歳の とき、入院しました。
10歲時有住院。

重點說明

同時發生其他事情

動作 → 動作……動作並行

妹が 生まれた とき、父は 外国に いました。
妹妹出生的時候，父親在國外。

看到「とき」（…的時候…），前接動詞過去式「生まれた」（出生了），知道是過去的事情。

妹妹出生的時候，怎麼了？原來是「父は外国にいました」（父親人在國外）。

比較：

「ごろ」→大約在…左右。時間不是很明確，大概是在那個時候。

「とき」→…的時候。在那時間發生了某事。有明確的時間點。

11 動詞ながら

是「動詞ます形＋ながら」的形式。表示同一主體同時進行兩個動作。這時候後面的動作是主要的動作，前面的動作伴隨的次要動作。可譯作「一邊…一邊…」。

1 映画を 見ながら、泣きました。
邊看電影邊掉了眼淚。

2 音楽を 聴きながら、ご飯を 作ります。
邊聽音樂，邊做飯。

3 タバコを 吸いながら、本を 読みました。
邊抽煙邊看了書。

4 歌を 歌いながら 歩きましょう。
我們邊走邊唱歌吧！

重點說明

同一人同時進行兩動作

次要動作　　　　　　主動作……動作並行

音楽を 聴きながら、ご飯を 作ります。
邊聽音樂，邊做飯。

哇！山田太太心情很好，還邊聽音樂邊做飯呢！

這句話知道「做飯」是山田太太主要的動作，而「聽音樂」是伴隨前面的次要動作。

12 動詞てから

是「動詞て形＋から」的形式。結合兩個句子，表示前句的動作做完後，進行後句的動作。這個句型強調先做前項的動作。可譯作「先做…，然後再做…」。

---

1 お風呂に 入ってから、晩ご飯を 食べます。
洗完澡後吃晚飯。

2 食事を してから、薬を 飲みます。
吃完飯後再吃藥。

3 よる 歯を 磨いてから、寝ます。
晚上刷完牙後再睡覺。

4 テープを 入れてから、青い ボタンを 押します。
放入錄音帶後再按藍色按鈕。

重點
說明

強調前句

先做的動作（強調）　　　　　　　後做的動作……動作順序
↓　　　　　　　　　　　　　　　　　↓
お風呂に 入ってから、晩ご飯を 食べます。
洗完澡後吃晚飯。

洗完澡以後，食慾就會大增。

這句話敘述「吃飯」前要幹什麼呢？強調要先「洗澡」啦！

13 動詞たあとで

是「動詞た形＋あとで」、「名詞＋の＋あとで」的形式。表示前項的動作做完後，做後項的動作。是一種按照時間順序，客觀敘述事情發生經過的表現。而且前後兩項動作相隔一定的時間發生。可譯作「…以後…」。

> **比較：**
>
> てから→強調先做某事。
>
> たあとで→客觀地敘述前後兩動作的順序。

1 掃除したあとで、出かけます。
   打掃後出門去。

2 お風呂に　入ったあとで、ビールを　飲みます。
   洗完澡後，喝啤酒。

3 お客さんが　帰ったあとで、茶碗を　洗いました。
   客人離開後洗了碗。

4 昨日の　夜　友達と　話したあとで　寝ました。
   昨天晚上和朋友聊天後就睡了。

重點說明

按時間順序

先做的動作 → ‖ 後做的動作……動作順序

風呂に　入ったあとで、ビールを　飲みます。
洗完澡後，喝啤酒。

對許多日本人而言，洗完澡後喝杯啤酒，可是一種享受呢！

→

表示客觀敘述洗過澡後，做喝啤酒的動作的順序。而且前後兩項動作，相隔一定的時間發生。

14 名詞のあとで

「名詞＋のあとで」。表示完成前項事情之後進行後項行為。可譯作「…後」。

1 テレビの　あとで　寝ます。
看完電視後睡覺。

2 トイレの　あとで　おふろに　入ります。
上完廁所後洗澡。

3 学校の　あとで　ピアノの　先生の　ところに　行きます。
放學後去鋼琴老師那邊。

4 宿題の　あとで　遊びます。
做完功課後玩耍。

重點説明　先做的動作　　　　　　　後做的動作 ………動作順序
　　　　　　　↓　　　　　　　　　　　　↓

トイレの　あとで　おふろに　入ります。
上完廁所後洗澡。

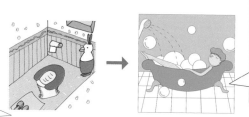

聽說周杰倫習慣上完廁所後再洗澡，說是這樣既乾淨又暢快。

用表示動作順序的「のあとで」（…後），表示前項是先做動作「トイレ（省略了に行く）」（上廁所），後項是後做的動作「おふろに入ります」（洗澡）。

15 動詞まえに

是「動詞辭書形＋まえに」的形式。表示動作的順序，也就是做前項動作之前，先做後項的動作。句尾的動詞即使是過去式，「まえに」的動詞也要用辭書形。可譯作「…之前，先…」；「名詞＋の＋まえに」的形式。表示空間上的前面，或是某一時間之前。可譯作「…的前面」。

1 テレビを 見る 前に、朝ご飯を 食べました。
在看電視之前，先吃了早餐。

2 私は いつも 寝る 前に、歯を 磨きます。
我都是睡前刷牙。

3 テストを する 前に、勉強します。
考試之前先讀書。

4 友達の うちへ 行く 前に、電話を かけました。
去朋友家之前先打了電話。

重點說明

做前項之前，先做後項

後做的動作　　　　先做的動作……動作順序

↓　　　　　　　　↓

私は いつも 寝る 前に、歯を 磨きます。

我都是睡前刷牙。

「寝る」（睡覺）前，先做什麼呢？

原來是先「歯を磨きます」（刷牙）啦！

16 名詞+のまえに

「名詞＋の前に」。表示在做後項事情之前先進行前項行為。可譯作「…前」。

1 おふろの　前_{まえ}に　トイレに　入_{はい}ります。
洗澡前先上廁所。

2 食事_{しょくじ}の　前_{まえ}に　手を　洗_{あら}います。
吃飯前先洗手。

3 勉強_{べんきょう}の　前_{まえ}に　テレビを　見_みます。
讀書前先看電視。

4 仕事_{しごと}の　前_{まえ}に　コーヒーを　飲_のみます。
工作前先喝杯咖啡。

重點說明

後做的動作　　　　　　　先做的動作………動作順序
↓　　　　　　　　　　　　↓
仕事_{しごと}の　前_{まえ}に　コーヒーを　飲_のみます。

工作前先喝杯咖啡。

聽說辦公前先喝杯咖啡，工作時或可幫助減輕肩頸痠痛喔！

用表示動作順序的「の前に」（…之前），表示前項是後做的動作「仕事」（工作），後項是先做的動作「コーヒーを飲ます」（喝杯咖啡）。

17 でしょう（推量）

是「動詞普通形＋でしょう」、「形容詞＋でしょう」、「名詞＋でしょう」的形式。伴隨降調，表示說話者的推測，說話者不是很確定，不像「です」那麼肯定。常跟「たぶん」一起使用。可譯作「也許…」、「可能…」、「大概…吧」。

1 明日は　風が　強いでしょう。
明天風很強吧！

2 彼は　たぶん　来るでしょう。
他應該會來吧。

3 あの　人は　たぶん　学生でしょう。
那個人應該是學生吧。

4 この　仕事は　一時間ぐらい　かかるでしょう。
這份工作約要花上一個小時吧。

> 比較：
>
> 「でしょう」→大概…、應該…。說話者不是很確定的推測。
>
> 「はずです」→（按理來說）應該…。就自己的瞭解，做比較有把握的推斷。

重點說明

某事 　　　　　大概（降調）吧……說話者的推測
↓ 　　　　　　↓

明日は　風が　強いでしょう。
明天風很強吧！

根據氣象的一些資料、數據判斷，明天可能風很強吧！

「でしょう」伴隨降調，表示說話者的推測。

18 でしょう（確認）

表示向對方確認某件事情。或是徵詢對方的同意。可譯作「…對吧」。

1 宿題は　やったんでしょう。
しゅくだい
功課做完了吧？

2 ごはんは　食べたんでしょう。
た
用過餐了對吧？

3 これ、津村さんの　かばんでしょう。
つむら
這個是津村小姐的皮包對吧？

4 これ、きれいでしょう。
這個很漂亮吧？

重點
說明

　　　　某事　　　　對吧…………徵求同意
　　　　↓　　　　　↓

これ、きれいでしょう。
這個很漂亮吧？

櫻子訂婚了，手上帶著漂亮的戒指，忍不住跟同事炫耀。

想徵求同事的認同，就用「でしょう」吧。

19 動詞たり、動詞たりします

是「動詞た形＋り＋動詞た形＋り＋する」的形式。表示動作的並列，從幾個動作之中，例舉出2、3個有代表性的，然後暗示還有其他的。這時候意思跟「や」一樣。可譯作「又是…，又是…」；還表示動作的反覆實行，說明有這種情況，又有那種情況，或是兩種對比的情況。可譯作「有時…，有時…」。

1 冬は 雪が 降ったり、強い 風が 吹いたり します。
冬天又是下雪、又是吹強風。

2 土曜日は 散歩したり、ギターを 練習したり します。
禮拜六有時散步、有時練吉他。

3 夕べは 友達と 飲んだり、食べたり しました。
昨晚和朋友又是喝酒、又是吃飯。

4 休みの 日は 掃除を したり、洗濯を したり する。
假日又是打掃、又是洗衣服等等。

重點說明

動作的並列

動作1   動作2……暗示還有其他動作
↓   ↓

休みの 日は 掃除を したり、洗濯を したり する。

假日又是打掃、又是洗衣服等等。

星期假日都做些什麼事呢？

這句話雖然只說「打掃」跟「洗衣服」，但是暗示還有其他的。譬如「購物」之類的。

比較：

・…たり…たりする→動作不是同時發生，只表示各種動作。

ながら→兩個動作同時做。

⑳ 形容詞く＋なります

表示事物的變化。同樣可以看做一對的還有自動詞「なります」和他動詞「します」。它們的差別在，「なります」的變化不是人為有意圖性的，是在無意識中物體本身產生的自然變化；「します」表示人為的有意圖性的施加作用，而產生變化。形容詞後面接「なります」，要把詞尾的「い」變成「く」。

1 午後は　暑く　なりました。
下午變熱了。

2 西の　空が　赤く　なりました。
西邊的天空變紅了。

3 この　家も　古く　なりました。
這棟房子也變舊了。

4 山田さんの　顔が　赤く　なりました。
山田先生的臉變紅了。

重點說明

改變的人或物　形容詞　　自動詞……事物自然的變化
　　　　↓　　　　　↓　　　　　　　　　　↓
西の　空が　赤く　なりました。
西邊的天空變紅了。

好美的夕陽喔！「西の空」是在自然的現象下變紅的，所以用自動詞「なりました」。

21 形容動詞に＋なります

表示事物的變化。如上一單元說的，「なります」的變化不是人為有意圖性的，是在無意識中物體本身產生的自然變化。形容詞後面接「なります」，要把語尾的「だ」變成「に」。

1 体が 丈夫に なりました。
　 身體變強壯了。

2 彼女は 最近 きれいに なりました。
　 她最近變漂亮了。

3 この 街は 賑やかに なりました。
　 這條街變熱鬧了。

4 高校に 入って、弟は 真面目に なりました。
　 弟弟上高中後變認真了。

重點
說明

改變的人或物　　　　　形容動詞　　　　自動詞……事物自然的變化
　　↓　　　　　　　　　　↓　　　　　　　↓
彼女は 最近 きれいに なりました。
她最近變漂亮了。

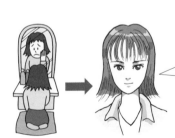

哇！那是山田小姐嗎？她變漂亮了！真是女大18變啊！

山田小姐以前還是個小黃毛丫頭，不知不覺一長大就變漂亮了。所以用自動詞「なります」。

22 名詞に＋なります

表示事物的變化。如前面所說的，「なります」的變化不是人為有意圖性的，是在無意識中物體本身產生的自然變化。名詞後面接「なります」，要先接「に」再加上「なります」。

1 もう　夏に　なりました。
已經是夏天了。

2 そこの　夏は、４０度に　なりました。
那裡的夏天，溫度高達了40度。

3 身長が　１８０センチに　なりました。
長高到了180公分。

4 毎日　遅くまで　仕事を　して、病気に　なりました。
每天工作到很晚，結果生病了。

重點
說明

改變的人或物　　　名詞　　　　　　　自動詞……事物自然的變化
　　↓　　　　　　↓　　　　　　　　　↓

そこの　夏は、４０度に　なりました。

那裡的夏天，高達了40度。

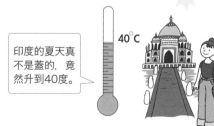

印度的夏天真不是蓋的，竟然升到40度。

40°C

氣溫升高是一種事物自然的變化，自動詞「なります」。

23 形容詞く＋します

表示事物的變化。跟「なります」比較，「なります」的變化不是人為有意圖性的，是在無意識中物體本身產生的自然變化；而「します」是表示人為的有意圖性的施加作用，而產生變化。形容詞後面接「します」，要把詞尾的「い」變成「く」。

---

1 壁を 白く します。
把牆壁弄白。

2 部屋を 暖かく しました。
房間弄暖和。

3 音を 小さく します。
把音量壓小。

4 砂糖を 入れて 甘く します。
加砂糖讓它變甜。

重點
說明

被改變的人或物　形容詞　　他動詞……有意圖的使其變化
　　↓　　　　　　↓　　　　　　↓
部屋を　　　暖かく　　しました。
房間弄暖和。

好冷喔！老伴拿出暖爐，把房間弄暖和吧！

由於把房間弄暖和，是人為的有意圖使它變化的，所以用他動詞「します」。

24 形容動詞に＋します

表示事物的變化。如前一單元所說的，「します」是表示人為的有意圖性的施加作用，而產生變化。形容動詞後面接「します」，要把詞尾的「だ」變成「に」。

1 彼女を　有名に　しました。
讓她成名了。

2 この　町を　きれいに　しました。
把這個市鎮變乾淨了。

3 音楽を　流して、賑やかに　します。
放音樂讓氣氛變熱鬧。

4 運動して、体を　丈夫に　します。
去運動讓身體變強壯。

重點說明

被改變的人或物　形容動詞　他動詞……有意圖的使其變化
　　　　↓　　　　　↓　　　　↓
運動して、体を　丈夫に　します。
去運動讓身體變強壯。

經過自己的努力跟毅力，定期做運動，使自己的身體變強壯了。這是人為有意圖去做改變的，所以用他動詞「します」。

哇！看你氣色真好！一點都不像得過大病的。

25 名詞に＋します

表示事物的變化。再練習一次「します」是表示人為的有意圖性的施加作用，而產生變化。名詞後面接「します」，要先接「に」再接「します」。

1 子供を　医者に　します。
我要讓孩子當醫生。

2 バナナを　半分に　しました。
我把香蕉分成一半了。

3 玄関を　北に　します。
把玄關建在北邊。

4 木の　角を　丸く　します。
把木頭的邊角磨圓。

比較：

「名詞にします」→讓…變成…。人為有目的地施加某作用，而產生的變化。

「名詞になります」→變成…了。非人為在無意識中，產生的自然變化。

重點說明

被改變的人或物　名詞　　他動詞……有意圖的使其變化
　　　↓　　　　　↓　　　　　↓
子供を　　医者に　します。
讓孩子成為醫生。

裕太，你要好好讀書，將來好當個醫生唷。爸媽多辛苦都沒關係的。

孩子成為醫生，是父母意圖性的加以改變。所以用他動詞「します」。

26 もう＋肯定

和動詞句一起使用，表示行為、事情到了某個時間已經完了。用在疑問句的時候，表示詢問完或沒完。可譯作「已經…了」。

---

1 病気は もう 治りました。
病已經治好了。

2 妹 は もう 出かけました。
妹妹已經出門了。

3 もう お風呂に 入りました。
已經洗過澡了。

4 仕事は もう 終わりました。
工作已經結束了。

重點
說明

　　　　　已經　　動詞句等（肯定）……某行為到某時間已完成
　　　　　　↓　　　　　　↓
病気は　もう　治りました。
病已經治好了。

田中先生恭喜你身體已經完全康復了。

「もう」表示行為、事情到了某個時間已經完了，也就是病已經治好了。

27 もう＋否定

「否定」後接否定的表達方式，表示不能繼續某種狀態了。一般多用於感情方面達到相當程度。可譯作「已經不…了」。

1 もう　痛く　ありません。
已經不痛了。

2 もう　寒く　ありません。
已經不冷了。

3 紙は　もう　ありません。
已經沒紙了。

4 もう　飲みたく　ありません。
我已經不想喝了。

重點說明

已經　　　　　　　　動詞句等（否定）……不能繼續某狀態了
　↓　　　　　　　　　　↓
もう　飲みたく　ありません。
我已經不想喝了。

這邊還有一些呢！饒了我吧！我已經喝不下了！

這裡看到「もう」後接否定的方式，知道這已經達到極限了，沒辦法再喝了。

28 まだ＋肯定

表示同樣的狀態，從過去到現在一直持續著。可譯作「還…」。也表示還留有某些時間或東西。可譯作「還有…」。

1 まだ 時間が あります。
　還有時間。

2 お茶は まだ 熱いです。
　茶還很燙。

3 空は まだ 明るいです。
　天色還很亮。

4 まだ 電話中ですか。
　還是通話中嗎？

比較：

「もう」→已經…。行為、事情到了某時間點，已經完成了。

「まだ」→還（有）…。還是某狀態，還沒有完成。

重點說明

　　　　　還　　　動詞句等（肯定）……同狀態一直持續著
　　　　　↓　　　　↓
お茶は まだ 熱いです。
茶還很熱。

「まだ＋肯定」表示同樣的狀態，從過去到現在一直持續著。

這句話是說，茶之前是熱的。現在「まだ」（還）是熱的呢！

29 まだ＋否定

表示預定的事情或狀態，到現在都還沒進行，或沒有完成。可譯作「還（沒有）⋯」。

---

1 宿題は まだ 終わりません。
習題還沒做完。

2 日本語は まだ 覚えて いません。
還沒有記好日語。

3 図書館の 本は まだ 返して いません。
圖書館的書還沒還。

4 まだ、何も 食べて いません。
什麼都還沒吃。

> **重點說明**
>
> 　　　　　　　還　　　　　動詞句等（否定）……預定的狀態等還沒進行
> 　　　　　　　↓　　　　　　　↓
> **宿題は まだ 終わりません。**
> 習題還沒做完。

我們去玩吧！

這句話是用「まだ」後接否定，來表示習題應該要做完，但是還沒做完。

不行我習題還沒做完。

㉚ 〔…という名詞〕

表示說明後面這個事物、人或場所的名字。一般是說話人或聽話人一方，或者雙方都不熟悉的事物。可譯作「叫做…」。

1 あれは 何と いう 犬ですか。
那是什麼狗？

2 あの 店は 何と いう 名前ですか。
那家店叫什麼名字？

3 これは 何と いう 果物ですか。
這是什麼水果？

4 これは 「マンゴー」と いう 果物です。
這是名叫「芒果」的水果。

重點說明	主語	叫做	名稱……前者說明後者的名稱等

あの 店は 何と いう 名前ですか。
那家店叫什麼名字？

那家店又好吃又便宜，我要介紹給親友。

對了。那家店叫什麼「名字」呢？

31 つもり

是「動詞辭書形＋つもり」的形式。表示打算作某行為的意志。這是事前決定的，不是臨時決定的，而且想做的意志相當堅定。可譯作「打算」、「準備」。相反地，不打算的話用「動詞ない形＋つもり」的形式。

1 今年は　車を　買う　つもりです。
我今年準備買車。

2 夏休みには　日本へ　行く　つもりです。
暑假打算去日本。

3 来月、コンサートに　行く　つもりです。
下個月打算去聽演唱會。

4 今年は　海外旅行しない　つもりです。
今年不打算去海外旅行。

比較：

「つもり」→打算…。心意已決，事前就計畫好且已著手進行。第一、二、三人稱皆可用。

「（よ）うと思う」→我想要…。說明自己當下的想法，這想法未來還有變數。第三人稱時要用「（よ）うと思っている」。

重點說明	做某事	動詞辭書形	打算……打算作某行為的意志
	↓	↓	↓

今年は　車を　　買う　　つもりです。
我今年準備買車。

工作已經第三年了，也存了一些錢。今年我準備要買車。

這裡的「今年準備買車」，是事前堅決的打算。

32 …をもらいます

表示從某人那裡得到某物。「を」前面是得到的東西。給的人一般用
「から」或「に」表示。可譯作「取得」、「要」、「得到」。

1 彼から 花を もらいました。
他送我花。

2 親から 誕生日プレゼントを もらいました。
我從爸媽那裡收到了生日禮物。

3 友人から お土産を もらいました。
從朋友那裡拿到了名產。

4 彼から 婚約指輪を もらいました。
我從他那裡收到了結婚戒指。

重點 說明	人 ↓	物 ↓	得到……從某人得到某東西 ↓

彼から 花を もらいました。
他送我花。

那是誰送的花
啊！看妳高興
的。沒有啦！
是我男朋友送
的啦！

從這句話的意思知
道，「を」前面是收
到的東西「花」，
「から」表示送的人
是「彼」。

比較：

「をもらいます」→從…
取得…。從某人那裡，得
到某東西。給予人和接受
人身份相當。

「をいただきます」→承
蒙…得到…。說法比「を
もらいます」謙虛。給予
人的身份比接受人高。

33 …に…があります／います

表某處存在某物或人。也就是無生命事物，及有生命的人或動物的存在場所，用「（場所）に（物）があります、（人）がいます」。表示事物存在的動詞有「あります・います」，無生命的自己無法動的用「あります」；「います」用在有生命的，自己可以動作的人或動物。可譯作「某處有某物或人」。

1 部屋に　姉が　います。
房間裡有姊姊。

2 北海道に　兄が　います。
北海道那邊有哥哥。

3 箱の　中に　お菓子が　あります。
箱子裡有甜點。

4 町の　東に　長い　川が　あります。
市鎮的東邊有長河。

重點說明

場所　　人或物　　　存在動詞……某處存在某人或物
↓　　　　↓　　　　　　↓
部屋に　姉が　います。
房間裡有姊姊。

姊姊人呢？有個女的找她喔！在她房裡啦！

這句話存在的地點「部屋」用「に」表示，「姉」是有生命物體，所以用「います」。

34 …は…にあります／います

表示某物或人，存在某場所用「（物）は（場所）にあります／（人）は（場所）にいます」。可譯作「某物或人在某處」。

1 姉は　部屋に　います。
あね　　へや
姉姉在房間。

2 彼は　外国に　います。
かれ　　がいこく
他在國外。

3 トイレは　あちらに　あります。
廁所在那邊。

4 八百屋は　郵便局の　隣に　あります。
やおや　　ゆうびんきょく　となり
蔬果店在郵局的隔壁。

重點説明	物或人　　　場所　　　　存在動詞……某物或人存在某處

　　　　↓　　　↓　　　　↓
姉は　部屋に　います。
あね　　へや
姉姉在房間。

這句話裡，存在的人用「は」表示。存在的地方除了用場所助詞「に」表示外，後面要用動詞「います」。

姉姉人呢？有人找她喔！在她房裡啦！

35 …は…より

「名詞＋は＋名詞＋より」。表示對兩件性質相同的事物進行比較後，選擇前者。「より」後接的是性質或狀態。如果兩件事物的差距很大，可以在「より」後面接「ずっと」來表示程度很大。可譯作「…比…」。

1 飛行機は、船より 速いです。
飛機比船還快。

2 この ビルは、あの ビルより 高いです。
這棟大廈比那棟大廈高。

3 兄は 母より 背が 高いです。
哥哥個子比媽媽高。

4 今年の 夏は 昨年より 暑い。
今年夏天比去年熱。

5 中国は 日本より ずっと 広いです。
中國大陸遠比日本遼闊。

重點說明

被選擇對象　比較對象　性質或狀態……比較
　↓　　　　　↓　　　　　↓

飛行機は、船より速いです。
飛機比船還快。

冬天想到溫暖且美麗的沖繩離島度假，聽說到沖繩可以搭船喔！但是，為了節省時間，還是坐飛機比較快囉！

這個句型表示，在比較飛機跟船這兩個交通工具（同性質）後，選的是「は」前面的「飛行機」，原因在「より」的後面，比較「速い」（快）啦！

36 …より…ほう

表示對兩件事物進行比較後，選擇後者。「ほう」是方面之意，在對兩件事物進行比較後，選擇了「こっちのほう」（這一方）的意思。被選上的用「が」表示。可譯作「…比…」、「比起…，更」

1 勉強より、遊びの　ほうが　楽しいです。
玩耍比讀書愉快。

2 大阪より　東京の　ほうが　大きいです。
比起大阪，東京比較大。

3 テニスより、水泳の　ほうが　好きです。
喜歡游泳勝過網球。

4 乗り物に　乗るより、歩く　ほうが　いいです。
走路比搭車好。

5 クーラーを　つけるより、窓を　開けるほうが　いいでしょう。
與其開冷氣，不如開窗戶較好吧。

重點說明

比較對象　　被選擇對象　　　　性質或狀態……比較
　↓　　　　　↓　　　　　　　　　　↓
勉強より、遊びの　ほうが　楽しいです。
玩耍比讀書愉快。

太郎就是愛玩，每次要他唸書就一副苦瓜臉。從這句話可以清楚知道，對太郎而言，什麼事是比較快樂的了！

看到「ほう」的前面，就知道是「遊び」了。還有被選上的是用「が」表示喔！

37 ほうがいい

用在向對方提出建議，或忠告的時候。有時候雖然是「た形」，但指的卻是以後要做的事。否定形為「ないほうがいい」。可譯作「最好…」、「還是…為好」。

1 コーヒーには 砂糖を 入れない ほうが いいです。
不要在咖啡裡加砂糖比較好。

2 曇って いるから、傘を 持って いった ほうが いいですよ。
天色陰陰的，還是帶把傘去比較好！

3 柔らかい 布団の ほうが いい。
柔軟的棉被比較好。

4 授業の 前に 予習を する ほうが いいです。
上課前預習一下比較好。

5 住む ところは 駅に 近い ほうが いいです。
住的地方離車站近一點比較好。

重點說明

内容 　　　　　　　忠告……… 忠告
　↓　　　　　　　　　↓
塩分を 取りすぎない ほうが いい。
最好不要攝取過多的鹽分。

大石先生有血壓過高的傾向。

醫生勸大石先生，最好不要吃太鹹。最好不要就用「ないほうがいい」。「取りすぎ」是攝取過量的意思，這樣對身體是不好的喔！

I　問題　（　　）の　ところに　なにを　いれますか。　1・2・3・
　　4から　いちばん　いい　ものを　1つ　えらびなさい。

1　えんぴつで　かかない（　　）ください。

　　　1　に　　　　　2　で　　　　　3　を　　　　　4　と

2　ねつが　ありますから、おふろに　はいらない（　　）ください。

　　　1　に　　　　　2　で　　　　　3　を　　　　　4　と

3　ちょっと　ノートを　みせ（　　）ください。

　　　1　に　　　　　2　て　　　　　3　を　　　　　4　と

4　あの　あかい　カバン（　　）ください。

　　　1　に　　　　　2　て　　　　　3　を　　　　　4　と

5　「あした、えいがに　いきませんか。」「いいですね。じゃあ、3じに　えきで　あい
　　　（　　）。」

　　　1　ません　　　2　ました　　　3　ます　　　4　ましょう

6　「この　おかし　おいしいですよ。ひとつ　たべ（　　）か。」「じゃあ、いただきます。」

　　　1ました　　　2ません　　　　　3ませんでした　4ましたでしょう

7　「あ、もう　6じ　ですね。　（　　）か。」「そうですね。じゃあ、また　あした。」

　　　1　帰りました　　　　　　　　2　帰りましょう
　　　3　帰りませんでした　　　　　4　帰った

8　あたらしい　カメラ（　　）　ほしいです。

　　　1　が　　　　　2　へ　　　　　3　に　　　　　4　で

　　　えきへ　（　　）ですが、バスが　ありません。

　　　1　いきます　　2　いきほしい　　3　いきたい　　4　いきましょう

10　きょうしつでは　にほんごで　はなし（　　）ください。

　　　1　に　　　　　2　で　　　　　3　て　　　　　4　を

11 すみません、じしょを かして（　　）。

   1　くれました　　　　　　　　2　くださいません

   3　くださいませんか　　　　　4　くださいました

12 こんばん、ひまですか。　いっしょに　ごはんを　（　　）か。

   1　たべました　　　　　　　　2　たべません

   3　たべたでしょう　　　　　　4　だべ

13 すみません、　コーヒー（　　）　ください。

   1　に　　　　　2　で　　　　　3　を　　　　　4　と

14 おおきい　いえと　くるま（　　）　ほしいですね。

   1　が　　　　　2　と　　　　　3　や　　　　　4　に

15 にほんごの　うたを　うたい（　　）です。　おしえて　くださいませんか。

   1　ます　　　　2　たい　　　　3　ほしい　　　4　て

16 ひるまは　しずかです（　　）、よるは　にぎやかです。

   1　て　　　　　2　と　　　　　3　が　　　　　4　で

17 にほんごは　むずかしいです（　　）、　おもしろいです。

   1　し　　　　　2　と　　　　　3　が　　　　　4　で

18 きのう、にほんごの　べんきょうを　（　　）から、テレビを　みました。

   1　する　　　　2　します　　　3　すて　　　　4　して

19 ばんごはんを　たべた（　　）、おふろに　はいりました。

   1　まえに　　　2　あとで　　　3　ながら　　　4　て

20 ごはんを　たべる（　　）、てを　あらいなさい。

   1　まえに　　　2　あとで　　　3　ながら　　　4　て

解答問題20-11 I：(1),(2),(4),(3),(3),(2),(1),(3),(2),(3)

21 （　　）とき、つめたい　コーヒーを　のみます。

　　1　あつい　　　2　あついの　　　3　あついだ　　　4　あつかった

22 たなかさんの　いえに　（　　）とき、おがわさんに　あいました。

　　1　いきます　　　　　　　　　2　いきました

　　3　いった　　　　　　　　　　4　いきません

23 （　　）ながら　たべては　いけません。

　　1　あるいて　　　　　　　　　2　あるきました

　　3　あるきます　　　　　　　　4　あるき

24 せんせいの　はなしを　（　　）ながら、ノートを　かきました。

　　1　ききて　　　2　ききました　　　3　ききます　　　4　きき

25 いつも　てを（　　）から、しょくじを　します。

　　1　あらう　　　2　あらって　　　3　あらった　　　4　あらいます

26 いつも　（　　）まえに　はを　みがきます。

　　1　ねて　　　　2　ねた　　　　　3　ねる　　　　　4　ねます

27 しゅくだいを　（　　）あとで、てがみを　かきます。

　　1　した　　　　2　する　　　　　3　して　　　　　4　しない

28 あしたは　きっと　いい　てんき（　　）。

　　1　でした　　　2　でしょう　　　3　ですか　　　4　でしたか

29 あの　ひとは　たぶん（　　）でしょう。

　　1　先生　　　　2　先生だ　　　3　先生です　　　4　先生で

30 にちようびは　ほんを　（　　）、おんがくを　きいたり　します。

　　1　よみます　　2　よみたり　　　3　よんだり　　　　4　よむだり

31 てんきが （　　）なりました。

1　いいに　　　2　よくに　　　3　よく　　　4　いい

32 へやを （　　）して ください。

1　きれい　　　2　きれいな　　　3　きれいで　　4　きれいに

33 「（　　）しゅくだいを しましたか。」「いいえ、まだです。」

1　まだ　　　　　　　　　　2　いつも
3　なんの　　　　　　　　　4　もう

34 あめが ふって いる（　　）、きょうは でかけません。

1　から　　　　2　て　　　　　3　など　　　4　まで

35 ねつが あったから、くすりを （　　）、はやく ねました。

1　のみました　　　　　　　2　のんで
3　のみます　　　　　　　　4　のみましたから

36 しゅくだいが おおいです（　　）、こんやは どこにも でかけません。

1　から　　　　2　て　　　　　3　など　　　4　まで

37 「もう かえりましょうか。」「（　　） はやいですよ。もう すこし あそび
ましょう。」

1　まだ　　　　2　もう　　　　3　いつ　　　4　なんで

38 「もう レポートを かきましたか。」「いいえ、（　　）です。きょう かきます。」

1　もう　　　　2　いつも　　　3　そう　　　4　まだ

39 「たなかさんは どこですか。」「（　　） いえに かえりましたよ。」

1　もう　　　　2　いつも　　　3　そう　　　4　まだ

40 「これは （　　）という りょうりですか。」「すきやきです。」

1　なんで　　　2　なん　　　　3　なんと　　4　なんの

41 きのう　かぜを　（　　）、がっこうを　やすみました。

    1　ひきました　　　　　　　　　　2　ひいた

    3　ひいて　　　　　　　　　　　　4　ひきます

42 べんきょうした　あとで、テレビを　（　　）、ほんを　よんだり　します。

    1　みます　　　　　　　　　　　　2　みました

    3　みまして　　　　　　　　　　　4　みたり

43 あめが　やんで、そらが　（　　）なりました。

    1　あかるい　　　　　　　　　　　2　あかるいく

    3　あかるくて　　　　　　　　　　4　あかるく

44 すみませんが、すこし　しずか（　　）ください。

    1　でする　　　　　　　　　　　　2　にする

    3　でして　　　　　　　　　　　　4　にして

II 問題 どの こたえが いちばん いいですか。 1・2・3・4か
　　ら いちばん いい ものを 1つ えらびなさい

1 「きょうは なにを しますか。」「しゅくだいを （　　）あとで テレビを みま
　　す。」

　　1　する　　　　　　　　　　　　　2　して

　　3　した　　　　　　　　　　　　　4　すんで

2 「しゅくだいは （　　） おわりましたか。」「いいえ　まだです。」

　　1　まだ　　　　　　　　　　　　　2　もう

　　3　あとで　　　　　　　　　　　　4　までに

3 「ねつが あります。」「じゃあ、　くすりを （　　　） はやく　ねて　ください。」

　　1　のみて　　　　　　　　　　　　2　のみます

　　3　のみました　　　　　　　　　　4　のんで

4 「きょうかしょを みても いいですか。」「いいえ、（　　　）ください。」

　　1　みて　　　　　　　　　　　　　2　みないで

　　3　みまして　　　　　　　　　　　4　みませんで

III 問題 どの こたえが いちばん いいですか。1・2・3・4から いちばん いい ものを えらびなさい。

1 A「くすりは いつ のみますか。」

B「しょくじの（　　　　　）のんで ください。」

1　まえを　　　　　　　　　2　まえから

3　まえに　　　　　　　　　4　まえと

2 A「いつ おふろに はいりますか。」

B「いつも、しょくじの（　　　　　）はいります。」

1　あとを　　　　　　　　　2　あとが

3　あとへ　　　　　　　　　4　あとで

3 A「よる、そとへ いって いいですか。」

B「あぶないですから、（　　　　　　　）。」

1　いって ください　　　　2　いかないで ください

3　いきましょう　　　　　　4　いかないでしょう

4 A「あついですね。」

B「じゃ（　　　　　　　）。」

1　クーラーを つけましょう　2　クーラーを あけましょう

3　クーラーを とめましょう　4　クーラーを しめましょう

5 A「コーヒーが のみたいですね。」

B「そうですね。じゃ、しごとが おわった（　　　　　）、きっさてんへ

いきましょう。」

1　あとで　　　　　　　　　2　まえで

3　あとへ　　　　　　　　　4　まえに

九、副詞

說明用言（動詞、形容詞、形容動詞）的狀態和程度，屬於獨立詞而沒有活用，主要用來修飾用言的詞叫副詞。

1. 副詞的構成有很多種。這裡著重舉出下列五種：

（1）一般由兩個或兩個以上的平假名構成。

　　ゆっくり／慢慢地

　　とても　／非常

　　よく　　／好好地，仔細地

　　ちょっと／稍微

（2）由漢字和假名構成

　　未だ（まだ）／尚未

　　先ず（まず）／首先

　　既に（すでに）／已經

（3）由漢字重疊構成

　　色々（いろいろ）／各種各樣

　　青々（あおあお）／綠油油地

　　広々（ひろびろ）／廣闊地

（4）形容詞的連用形構成副詞

　　厚い→厚く　　　赤い→赤く

　　白い→白く　　　面白い→面白く

（5）形容動詞的連用形「に」構成副詞

　　静か→静かに／安靜地

　　綺麗→綺麗に／整潔地

2.以內容分類有：

（1）表示時間、變化、結束

　　まだ　／還

　　もう　／已經

　　すぐに／馬上，立刻

　　だんだん／漸漸地

（2）表示程度
　　　あまり…ない／不怎麼…
　　　すこし　／一點兒
　　　たいへん　／非常
　　　ちょっと　／一些
　　　とても　／非常
　　　ほんとうに／真的
　　　もっと　／更加
　　　よく　　／很，非常
（3）表示推測、判斷
　　　たぶん　　／大概
　　　もちろん　　／當然
（4）表示數量
　　　おおぜい／許多
　　　すこし　／一點兒
　　　ぜんぶ　／全部
　　　たくさん／很多
　　　ちょっと／一點兒
（5）表示次數、頻繁度
　　　いつも　／經常，總是
　　　たいてい／大多，大抵
　　　ときどき／偶而
　　　はじめて／第一次
　　　また　／又，還
　　　もう一度／再一次
　　　よく　／時常
（6）表示狀態
　　　ちょうど　／剛好
　　　まっすぐ　／直直地
　　　ゆっくり　／慢慢地

1 あまり…ない

「あまり」下接否定的形式，表示程度不特別高，數量不特別多。在口語中加強語氣說成「あんまり」。可譯作「（不）很」、「（不）怎樣」、「沒多少」。

> 比較：
>
> 「あまり」→不怎麼…。部份肯定，但程度、意願不高。後接否定。
>
> 「ぜんぜん」→一點也不…。完全否定，一點也沒有。後接否定。

1 あまり　お酒は　飲みません。
我不怎麼喝酒。

2 あまり　行きたく　ありません。
不大想去。

3 今日は　あまり　忙しく　ありません。
今天不大忙。

4 私は　あまり　丈夫では　ありませんでした。
我以前身體不大好。

重點說明

副詞　　話題　　動詞　　否定……程度不高
↓　　　↓　　　↓　　　↓

あまり　お酒は　飲みません。
我不怎麼喝酒。

山田小姐，妳平常喝酒嗎？啊！我不怎麼喝酒啦！

這句話知道，山田小姐酒是「不怎麼喝」的啦！

十、接續詞

接續詞介於前後句子或詞語之間，起承先啟後的作用。接續詞按功能可分類如下：

1. 把兩件事物用邏輯關係連接起來的接續詞

（一）表示順態發展。根據對方說的話，再說出自己的想法或心情。或用在某事物的開始或結束，以及與人分別的時候。如：

それでは 那麼

例：「この　くつ、ちょっと　大 (おお) きいですね。」

　　「それでは　こちらは　いかがでしょうか。」

「這雙鞋子，有點大耶！」「那麼，這雙您覺得如何？」

それでは、さようなら。

那麼，再見！

（二）表示轉折關係。表示後面的事態，跟前面的事態是相反的。或提出與對方相反的意見。如：

しかし 但是

例：時間 (じかん) は　あります。しかし　お金 (かね) が　ありません。

我有時間，但是沒有錢。

（三）表示讓步條件。用在句首，表示跟前面的敘述內容，相反的事情持續著。比較口語化，比「しかし」說法更隨便。如：

でも 不過

例：たくさん　食 (た) べました。でも　すぐ　お腹 (なか) が

すきました。

吃了很多，不過肚子馬上又餓了。

2.分別敘述兩件以上事物時使用的接續詞

（一）表示動作順序。連接前後兩件事情，表示事情按照時間
　　順序發生。如：

　　　　　そして 接著、それから 然後

　例：食事を　して、そして　歯を　磨きます。

　　　用了餐，接著刷牙。

　　　昨日は　映画を　見ました。それから

　　　食事を　しました。

　　　昨天看了電影，然後吃了飯。

（二）表示並列。用在列舉事物，再加上某事物。如：

　　　　　そして 還有、それから 還有

　例：彼女は　頭が　良いです。｛そして／それから｝

　　　かわいいです。

　　　她很聰明，也很可愛。

MEMO

出擊！
日語文法
自學大作戰

第一回　新制日檢模擬考題
第二回　新制日檢模擬考題
第三回　新制日檢模擬考題

＊以「國際交流基金日本國際教育支援協會」的「新しい『日本語能力試験』ガイドブック」為基準的三回「文字・語彙　模擬考題」

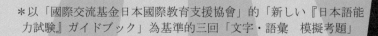

山田社
Shan Tian She

もんだい1　應考訣竅

　　N5的問題1，預測會考16題。這一題型基本上是延續舊制的考試方式。也就是給一個不完整的句子，讓考生從四個選項中，選出自己認為正確的選項，進行填空，使句子的語法正確、意思通順。

　　從新制概要中預測，文法不僅在這裡，常用漢字表示的，如「中、方」也可能在語彙問題中出現；接續詞（しかし、それでは）應該會在文法問題2出現。當然，所有的文法・文型在閱讀中出現頻率，絕對很高的。

　　總而言之，無論在哪種題型，文法都是掌握高分的重要角色。

もんだい1　（　　　）に　何を　いれますか。1・2・3・4から　いちばん　いい　ものを　一つ　えらんで　ください。

1 かようび（　　）　がっこうは　おやすみです。
　1　に　　　　　2　で　　　　　3　から　　　　　4　へ

2 あの　バスは　いえの　まえ（　　）　とまります。
　1　に　　　　　2　で　　　　　3　まで　　　　　4　を

3 1しゅうかん（　　）　さんかい　りょうりを　します。
　1　は　　　　　2　が　　　　　3　に　　　　　4　を

4 きのう　デパート（　　）　すずきさんに　あいました。
　1　に　　　　　2　を　　　　　3　が　　　　　4　で

5 こんしゅうの　にちようびに　あねと　ふたり（　　）　えいがを　みに　いきます。
　1　で　　　　　2　は　　　　　3　が　　　　　4　と

6 はなは あります（　　） かびんは ありません。
1　が　　　　　　　2　から　　　　　　3　ので　　　　4　と

7 どようび いっしょに としょかんへ （　　）ませんか。
1　いく　　　　　　2　いって　　　　3　いか　　　　4　いき

8 くもが たくさん でてきたので あしたは さむく （　　）。
1　なるでしょう　　　　　　　　　2　なりました
3　なりたいです　　　　　　　　　4　します

9 れいぞうこに たくさん ケーキが （　　）。
1　はいって います　　　　　　2　あって います
3　して います　　　　　　　　4　もって います

10 がっこうに （　　）とき きょうしつに だれも いませんでした。
1　ついて　　　　　　2　ついた　　　　3　つく　　　　4　つかない

11 いまから いえに かえって すぐに （　　）。
1　べんきょうします　　　　　　2　べんきょして います
3　べんきょうです　　　　　　　4　べんきょうして いました

12 （　　） あなたの かいしゃの ひとですか。
1　どなたか　　　　2　どなたが　　　3　どなたは　　　4　どなたと

13 きのう うまれて （　　） めがねを かいました。
1　はじめまして　　2　はじめました　3　はじめに　　　4　はじめて

14 まだ ひらがなも （　　）。
1 よめませんです　2 よめません　3 よみます　4 よみました

15 もう その えいがは （　　）。
1 みます　　　　　　　　　2 みて います
3 みませんでした　　　　　4 みました

16 この かばんは もっと （　　）。
1 やすくないです　2 やすいです　3 やすいだです　4 やすいでした

もんだい2 應考訣竅

　　問題2是「部分句子重組」題，出題方式是在一個句子中，挑出相連的四個詞，將其順序打亂，要考生將這四個順序混亂的字詞，跟問題句連結成為一句文意通順的句子。預估出5題。

　　應付這類題型，考生必須熟悉各種日文句子組成要素（日語語順的特徵）及句型，才能迅速且正確地組合句子。因此，打好句型、文法的底子是第一重要的，也就是把文法中的「助詞、慣用型、時態、體態、形式名詞、呼應和接續關係」等等弄得滾瓜爛熟，接下來就是多接觸文章，習慣日語的語順。

　　問題2既然是在「文法」題型中，那麼解題的關鍵就在文法了。因此，做題的方式，就是看過問題句後，集中精神在四個選項上，把關鍵的文法找出來，配合它前面或後面的接續，這樣大致的順序就出來了。接下再根據問題句的語順進行判斷。這一題型往往會有一個選項，不知道放在哪個位置，這時候，請試著放在最前面或最後面的空格中。這樣，文法正確、文意通順的句子就很容易完成了。

　　　　　　　最後，請注意答案要的是標示「★」的空格，要填對位置喔！

もんだい2　　___★___　に　入る　ものは　どれですか。1・2・3・4から　いちばん　いい　ものを　一つ　えらんで　ください。

（もんだいれい）

　　どちら_____　_____　___★___　_____ですか。

　　1　カメラ　　　2　あなた　　　3　が　　　　4　の

（こたえかた）

1. ただしい　文を　つくります。

> どちら_____　_____　___★___　_____ですか。
> 　　　3　が　　2　あなた　4　の　　1　カメラ

2. ___★___　に　入る　ばんごうを　くろく　ぬります。

　　　　　　　　　　　　　　（かいとうようし）　　（例）　① ② ③ ❹

1 あした ___ ___ _★_ ___ か。
　1 だれ　　　　　2 は　　　　　　3 やすむ　人　4 です

2 1時___ ___。 _★_ ___を 始めます。
　1 なりました　　2 テスト　　　　3 に　　　　　　4 それでは

3 どなた ___ ___ _★_ ___ んですか。
　1 見に　　　　　2 どうぶつを　　3 と　　　　　　4 行く

4 らいしゅうの ___ ___ _★_ ___ つかいます。
　1 3じには　　　2 かいだんを　　3 ごご　　　　　4 かようびの

5 あの　ホテル ___ ___ _★_ ___ たかいです。
　1 が　　　　　　2 りっぱです　　3 とても　　　　4 は

「文章的文法」這一題型是先給一篇文章，隨後就文章內容，去選詞填空，選出符合文章脈絡的文法問題。預估出5題。

做這種題，要先通讀　文，好好掌握文章，抓住文章中一個或幾個要點或觀點。第二次再細讀，尤其要仔細閱讀填空處的上下文，就上下文脈絡，並配合文章的要點，來進行選擇。細讀的時候，可以試著在填空處填寫上答案，再看選項，最後進行判斷。

由於做這種題型，必須把握前句跟後句，甚至前段與後段之間的意思關係，才能正確選擇相應的文法。也因此，前面選擇的正確與否，也會影響到後面其他問題的正確理解。

做題時，要仔細閱讀 ☐ 的前後文，從意思上、邏輯上弄清楚是順接還是逆接、是肯定還是否定，是進行舉例說明，還是換句話說。經過反覆閱讀有關章節，理清枝節，抓住關鍵之處後，再跟選項對照，抓出主要，刪去錯誤，就可以選擇正確答案。另外，對日本文化、社會、風俗習慣等的認識跟理解，對答題是有絕大助益的。

もんだい3 　1 から 5 に 何を 入れますか。1・2・3・4から　いちばん いい ものを 一つ えらんで ください。

　たろうと はなこの うちに おきゃくさんが 来ます。ふたりは おきゃくさんの ことを ぶんしょうに しました。

（1）

　きょうの ごごに おきゃくさんが きますから みんなで じゅんびを しました。いすを 5こ ならべました。 1 4にん きました。 いっしょに おちゃを 2 、 3 はなしを しているときに ふうふが きました。

(2)

きょうの　よる、　おじさんたちが　くるまで　わたしの　[4]　いっしょ
にごはんを　たべます。おじさんは　だいたい　５じ　ぐらいに　くると　い
いましたが　[5]　きません。おかあさんが　５じ　１０ぷんに　おじさんに
でんわを　かけました。　あと　２０ぷんで　わたしの　いえに　つくと　い
いました。

[1]

1　２じに　なって　　　　2　２じに　なるは
3　２じに　なるに　　　　4　２じに　なるが

[2]

1　のんだら　　　　　　　2　のみながら
3　のみますので　　　　　4　のみますから

[3]

1　たのしい　　　　　　　2　たのしく
3　たのしいな　　　　　　4　たのしみ

[4]

1　いえに　いって　　　　2　いえに　きて
3　いえに　ついて　　　　4　いえに　でて

[5]

1　まだ　　　　　　　　　2　もう
3　いつも　　　　　　　　4　どう

もんだい1　（　　　）に　何を　いれますか。1・2・3・4から　いち
　　　ばん　いい　ものを　一つ　えらんで　ください。

1　おとうさん（　　）　いっしょに　プールにへ　いく　つもりです。
　　1　は　　　　　　　2　が　　　　　　3　と　　　　　　4　まで

2　これは　わたしの　フィルム（　　）　ありません。
　　1　へは　　　　　　2　とは　　　　　3　には　　　　　4　では

3　ひるごはんは　パン（　　）　あつい　おちゃを　いただきました。
　　1　も　　　　　　　2　や　　　　　　3　か　　　　　　4　の

4　これは　おばあちゃん（　　）　つくった　ふくです。
　　1　の　　　　　　　2　に　　　　　　3　や　　　　　　4　は

5　あさから　あめ（　　）　ふって　います。
　　1　は　　　　　　　2　まで　　　　　3　が　　　　　　4　に

6　あねは　デパートで　（　　　）。
　　1　はたらいて　います　　　　　　　2　はたらきでした
　　3　はたらくです　　　　　　　　　　4　はたらいたです

7　いとうさんの　おかあさんは　（　　　）　げんきな　ひとです。
　　1　あかるくて　　　　2　あかるいの　　　3　あかるいな　　4　あかるいて

8　あの　どうぶつえんは　（　　　）　きれいです。
　　1　おおきいので　　　2　おおきくて　　　3　おおき　　　　4　おおきいの

9 まどを　しめたり　（　　）　しないで　ください。
　　1　あけて　　　　　　2　あくて　　　　　　3　あけたり　　　4　あくたり

10 きょうしつの　そとが　しずかに　（　　）。
　　1　です　　　　　　　2　なりました　　3　あります　　　4　しています

11 ことしで　　22さいに　なりましたので　もう　こどもでは　（　　）。
　　1　ございます　　　　2　ありません　　3　でした　　　　　4　いませんでした

12 せんせいの　たんじょうびが　（　　）　わすれました。
　　1　いつに　　　　　　2　いつ　　　　　　3　いつか　　　　4　いつの

13 だいどころで　ははが　そうじを　（　　）。
　　1　して　います　　2　つかいます　　3　あります　　　4　もう　します

14 A「この　ほんと　あの　じびきを　（　　）。ぜんぶで　いくらに　なり
　　　ますか。」
　　B「ありがとう　ございます。ぜんぶで　ごせんえんです。」
　　1　かいませんか　　　　　　　　　　2　かいたくないです
　　3　かいたいです　　　　　　　　　　4　かいました

15 きょう　おとうさんは　かぜを　（　　）　かいしゃを　やすみました。
　　1　ひいた　　　　　　2　ひいたが　　　3　ひいて　　　　4　ひいたり

16 この　はなしを　だれから　（　　）。
　　1　きくましたか　　　　　　　　　　2　はなしますか
　　3　はなしましたか　　　　　　　　　4　ききましたか

もんだい2 ___★___ に 入る ものは どれですか。1・2・3・4か
ら いちばん いい ものを 一つ えらんで ください。

（もんだいれい）

　　どちら_____ _____ ___★___ _____ですか。

　　1　カメラ　　　2　あなた　　3　が　　　4　の

（こたえかた）

1. ただしい 文を つくります。

どちら_____ _____ ___★___ _____ですか。 　　　3　が　　2　あなた　4　の　　1　カメラ

2. ___★___ に 入る ばんごうを くろく ぬります。

（かいとうようし）　| （例） | ① ② ③ ● |

1　あの ぼうし ___ ___ _★_ ___ です。
　　1　たなかさん　　　　　　　2　が
　　3　を　　　　　　　　　　　4　かぶっている 人

2　あ、バス___ ___ _★_ ___ 乗って いますね。
　　1　でも　　　　　2　来ましたよ　　3　が　　　　　　4　大勢

3　きのうは ___ ___ _★_ ___ いきました。
　　1　パーティー　　　2　で　　　　3　に　　　　　　4　ふうふ

4 もしもし、 ___ ___ __★__ ___ いますか。

1 が 　　　　　　　　　　　2 は

3 みずしたさん 　　　　　　 4 やまもとです

5 きょねんの ___ ___ __★__ ___ ふりませんでした。

1 しか 　　　　　 2 ゆきが 　　　 3 1かい 　　　　 4 ふゆは

もんだい3 **1** から **5** に 何を 入れますか。1・2・3・4から
いちばん いい ものを 一つ えらんで ください。

りょうりの できる 人と できない 人が います。たろうと はなこは
りょうりの はなしを しました。

(1)

じかんが あるとき わたしは よく **1** 。おにくと やさいの りょう
りが **2** 、 ときどき まずいものも あります。 りょうりは むずかし
いと おもいます。

(2)

みなさん りょうりは どうですか。 ぜんぜん **3** ですね。 もっと
しおからいのが すきな ひとは **4** しおか しょうゆを いれて くだ
さい。こちらに ありますから **5** 。

1

1 りょうりを　しません　　2 りょうりを　します

3 りょうりが　できます　　4 りょうりを　しましょう

2

1 じょうずなので　　　　　2 じょうずですが

3 へたですが　　　　　　　4 じょうずですから

3

1 からい　　　　　2 からくない

3 あまい　　　　　4 あまくない

4

1 じぶんが　　　2 じぶんは

3 じぶんに　　　4 じぶんで

5

1 どうぞ　　　　2 どうも

3 どうか　　　　4 どうよ

もんだい1　（　　　）に　何を　いれますか。1・2・3・4から　いち
　　　　　ばん　いい　ものを　一つ　えらんで　ください。

1 じびき（　　）　いろいろな　たんごの　いみを　しらべます。
　　1　に　　　　　　　2　が　　　　　　　3　から　　　　4　で

2 なに（　　）　おもしろい　ばんぐみは　ありますか。
　　1　か　　　　　　　2　が　　　　　　　3　は　　　　　4　から

3 りんごは　ぜんぶ（　　）　1000円です。
　　1　で　　　　　　　2　か　　　　　　　3　は　　　　　4　を

4 ビール（　　）　ジュースを　のみますか。
　　1　が　　　　　　　2　か　　　　　　　3　と　　　　　4　に

5 すずきさんは　ピアノを　じょうず（　　）　ひきます。
　　1　で　　　　　　　2　は　　　　　　　3　に　　　　　4　と

6 きのうは　テレビを　みて　しんぶんを　（　　）　ねました。
　　1　よみ　　　　　　　　　　　　　2　よんで　いまして
　　3　よんで　　　　　　　　　　　　4　よんだり

7 いっしょに　スーパーに　かいものに　（　　）。
　　1　いきますわ　　　　　　　　　　2　いきましょう
　　3　いきでしょう　　　　　　　　　4　いくになります

8 つくえの　うえに　ほそい　まんねんひつが　（　　）　あります。
　　1　おき　　　　　　2　おきて　　　　3　おいて　　　　4　おく

9 らいしゅうは　どようびも　にちようびも　じかんが　（　　）。

　1　ひまです　　　　　　　　　　　　2　いそがしいです

　3　あります　　　　　　　　　　　　4　います

10 どこで　くすりを　（　　）。

　1　ありますか　　　2　もらいますか　3　あげますか　　4　ほしいですか

11 としょかんの　ほんだなには　ほんが　きれいに　ならんで　（　　）。

　1　います　　　　　2　あります　　　3　いて　います　4　ありました

12 こどもが　にかいで　ねて　いますから　みなさん　（　　）して　ください。

　1　にぎやかに　　　2　しずかに　　　3　げんきに　　　4　たいせつに

13 A「すみません。（　　）の　おさけは　どこに　うって　いますか。」

　　 B「5かいに　ありますよ。」

　1　そと　　　　　　2　がいこく　　　3　なか　　　　　4　くに

14 れいぞうこを　あまり　ながい　じかん　（　　）　ください。

　1　しめないで　　　2　しめて　　　　3　あけないで　　4　あけて　おいて

15 （　　）　おなかが　いっぱいですから　なにも　いりません。

　1　もう　　　　　　2　まだ　　　　　3　よく　　　　　4　いくら

16 やまださんは　いつも　なんまんえんも　（　　）。

　1　もちます　　　　　　　　　　　　2　もって　います

　3　もって　いません　　　　　　　　4　もちません

もんだい2 ___★___ に 入る ものは どれですか。1・2・3・4か
ら いちばん いい ものを 一つ えらんで ください。

（もんだいれい）

どちら_____ _____ ___★___ _____ですか。

1　カメラ　　　2　あなた　　　3　が　　　　4　の

（こたえかた）

1. ただしい 文を つくります。

どちら_____ _____ ___★___ _____ですか。
3　が　　2　あなた　　4　の　　1　カメラ

2. ___★___ に 入る ばんごうを くろく ぬります。

（かいとうようし）　　（例）　① ② ③ ④

1　まいあさ うち ___ ___ ___★___ ___ がっこうに 行きます。

1　から　　　　　2　せんたくを　　3　して　　　　4　で

2　___ ___ ___★___ ___ 、失くさないで ください。

1　から　　　　　2　たいせつ　　　3　かみです　　4　な

3　さとうは ___ ___ ___★___ ___ よ。

1　あります　　　2　テーブルの　　3　うえに　　　4　だいどころの

4　ドアの 右 ___ ___ ___★___ ___ あります。

1　が　　　　　　2　スイッチ　　　3　に　　　　　4　でんきの

5　おもしろい ＿＿ ＿＿ ＿★＿ ＿＿ 。

　　1すんで　います　　2　いえに　　　　3　人が　　　　　　4　となりの

もんだい3　1から　5に　何を　入れますか。1・2・3・4から
　　　　　　いちばん　いい　ものを　一つ　えらんで　ください。

　きょうは　がっこうで　いろんな　おべんきょうの　はなしを　しました。
たろうと　はなこは　べんきょうの　ことを　にっきに　かきました。

(1)

> 　わたしは　まいにち　ラジオを　1　にほんごの　べんきょうを　しま
> す。　2　きょうは　にほんの　ともだちの　いえに　あそびに　いったの
> で　、べんきょうしないで　かのじょと　3じかん　3。とても　たのしか
> ったです。

(2)

> 　いとうさんは　ピアノを　とても　じょうずに　ひきます。きょうも　おん
> がく　きょうしつで　れんしゅう　して　いましたが、　きょうは　いつもと
> ちがって　すこし　へたでした。　いとうさんに　4と　きくと、　きょう
> はてが　いたいと　5。

1

1　きくと　　　　　　2　きくに

3　きいて　　　　　　4　ききたい

2

1　そして　　　　　　2　でも

3　では　　　　　　　4　だから

3

1　はなしを　しました　2　はなしが　しました

3　はなしは　します　　4　はなしに　しました

4

1　どう　しますか　　　2　どう　しましょうか

3　どう　しましたか　　4　どう　しようか

5

1　はなしました　　　　2　いいました

3　ききました　　　　　4　よびました

第一回

もんだい1

1	3	2	1	3	3	4	4	5	1
6	1	7	4	8	1	9	1	10	2
11	1	12	2	13	4	14	2	15	4
16	2								

もんだい2

1	1	2	4	3	1	4	1	5	2

もんだい3

1	1	2	2	3	1	4	2	5	1

第二回

もんだい1

1	3	2	4	3	2	4	1	5	3
6	1	7	1	8	2	9	3	10	2
11	2	12	3	13	1	14	3	15	3
16	4								

もんだい2

1	2	2	1	3	1	4	3	5	3

もんだい3

1	2	2	2	3	2	4	4	5	1

もんだい1

1	4	2	1	3	1	4	2	5	3
6	3	7	2	8	3	9	3	10	2
11	2	12	2	13	2	14	3	15	1
16	2								

もんだい2

1	3	2	3	3	3	4	2	5	2

もんだい3

1	3	2	2	3	1	4	3	5	2

MEMO

日語 神器 01

出擊！日語文法自學大作戰

初階版 Step1

（25K+MP3）　　　　　　　　　　　2018年08月　初版

. . . .

● 發行人　　林德勝

● 著者　　　吉松由美・千田晴夫◎合著

● 出版發行　山田社文化事業有限公司
　　　　　　106 臺北市大安區安和路一段112巷17號7樓
　　　　　　電話　02-2755-7622
　　　　　　傳真　02-2700-1887

　　　　　◆ 郵政劃撥　19867160號　　大原文化事業有限公司

　　　　　◆ 總經銷　　聯合發行股份有限公司
　　　　　　　　　　　臺北縣新店市寶橋路235巷6弄6號2樓
　　　　　　　　　　　電話　02-2917-8022
　　　　　　　　　　　傳真　02-2915-6275

● 印刷　　　上鎰數位科技印刷有限公司
● 法律顧問　林長振法律事務所　林長振律師
● ISBN　　　978-986-246-504-2
● 書+MP3　　定價　新台幣299元

STS

山岳社

STS

山田社 STS